Hugh Conway, José Martí

Misterio

Novela original escrita en inglés bajo el nombre de 'Called Back'

Hugh Conway, José Martí

Misterio
Novela original escrita en inglés bajo el nombre de 'Called Back'

ISBN/EAN: 9783337046910

Printed in Europe, USA, Canada, Australia, Japan

Cover: Foto ©Andreas Hilbeck / pixelio.de

More available books at **www.hansebooks.com**

PRÓLOGO DE LA EDICIÓN ESPAÑOLA

"*Called Back*," que aquí se presenta traducido al cas-
tellano con el nombre de "*Misterio*," es un libro memorable en la historia literaria de los países donde se habla
inglés. Hoy todavía se le lee como una novedad; pero
en la época de su aparición, no había mano en que "*Called
Back*" no estuviese, ni persona que no lo hubiera leído en
libro, ó lo conociese en drama. Se iba al teatro á oirlo
como en peregrinación: todos celebraban su acción inten-
sa, su trama nueva, su interés absorbente, su palabra rápida. ¿Por qué libro había de comenzar la casa de Apple-
ton la serie de buenas novelas que el público hispano-
americano le pide, sino por el que en estos últimos tiempos ha dominado la atención pública en Inglaterra y los
Estados Unidos?

Ni es de esta breve nota investigar las razones de éxito
tamaño, ni está fuera de ella indicar que no se obtiene sin
mérito real semejante éxito. Á la novela va el público á
buscar lo que no halla en la vida; á reposar de lo que sufre y de lo que ve; á sentirse nuevo, atrevido, amante,

misterioso por unas cuantas horas; á saciar la sed inevitable del espíritu de lo romántico y extraordinario. Y el público fué á "*Called Back*" porque halló en este libro todo eso.

La literatura de cada época es como la época que la origina; y en estos tiempos en que prevalece el afán de desarraigar y conocer, la novela, exagerando á veces el carácter científico que le piden los sucesos y lectores actuales, suele abrumar su lenguaje y entorpecer su movimiento con los extremos de la observación. Mas ha de notarse que el gran público, el público sentidor, ni va á las honduras literarias, ni deja nunca apagar la fantasía. El éxito de "*Misterio* . . ." depende acaso de que halaga la necesidad de lo maravilloso con los procedimientos mismos de la vida natural. Ni los que sienten ni los que piensan aceptan hoy lo que no sucede de un modo palpable y visible.

Por de contado, "*Misterio* . . ." no es un libro de análisis: no describe, con pincel cuidadoso, las costumbres de un pueblo de provincia, los hábitos de una vida vulgar, los repliegues de un alma moderna; pero de todo eso toma apuntes, y lo reparte diestramente, y sin parecer que lo nota, sobre sus escenas apasionadas y vivaces: con lo que, sin ser una obra de observación ni de propósito, no va contra la naturaleza, aun cuando de todo el libro se desborde el sentimiento de lo extraordinario, que en una escena magistral culmina.

Pero el mérito sobresaliente del libro está en la energía singular con que, sin lastimar el buen juicio del lector, mantiene hasta la página última una curiosidad legítima. Cuando se cree que ha acabado ya una tragedia, comienza un idilio inesperado. Cuando parece que se toca al fin del libro, comienza la novela verdadera, que ningún corazón jóven ni hombre moderno leerán sin entusiasmo. Son verdaderamente notables en el malogrado Hugh Conway, que murió en el albor de su fama, el arte de distribuir el interés, de continuarlo naturalmente cuando parece naturalmente extinguido, de encender una novela nueva á la mitad del libro en las áscuas de la que parece terminada, de ocultar al lector deslumbrado con el brillo de la marcha las inverosimilitudes casuales de la intriga, de llevar la atención de sorpresa en sorpresa de una á otra escena memorable, de uno á otro cuadro palpitante y nuevo: son verdaderamente notables en el autor de "*Misterio* . . ." el arte de ligar sin violencia, como es indispensable en estos tiempos analíticos, las composiciones de la fantasía á la realidad y posibilidad de la existencia; el arte de ajustar sin extravagancia lo sobrenatural á lo natural.

El traductor del libro sólo tiene una palabra que decir, en cuanto al lenguaje. Traducir no es, á su juicio, mostrarse á sí propio á costa del autor, sino poner en palabras de la lengua nativa al autor entero, sin dejar ver en un solo instante la persona propia. Esto ha querido hacer el traductor de "*Called Back*": el nervio, la impaciencia, la fuga, la novedad en el decir, que aseguraron al autor de la novela la atención inmediata del público y los críticos, acá ha querido el traductor ponerlas como aparecen en el texto inglés, sin más alarde de estilo ni paramentos de imaginación.   De una vez se lee este libro interesante en la edición inglesa ; el traductor aspira á que se le lea en la edición española de una vez.

José Martí.

Nueva York, *Diciembre de 1885.*

ÍNDICE

CAPÍTULO	PÁGINA
I. EN TINIEBLAS Y EN PELIGRO	5
II. EBRIO Ó SOÑANDO	24
III. EL MEJOR MONUMENTO	40
IV. NI PARA QUERER, NI PARA CASARSE	54
V. POR LEY, NO POR AMOR	74
VI. RESPUESTAS DESCONSOLADORAS	88
VII. PARENTESCO SOMBRÍO	100
VIII. ¡MISTERIO!	115
IX. VIL MENTIRA	130
X. EN BUSCA DE LA VERDAD	140
XI. EL INFIERNO EN LA TIERRA	152
XII. EL VERDADERO NOMBRE	164
XIII. CONFESIÓN TERRIBLE	177
XIV. ¿SE ACUERDA DE MÍ?	196
XV. ¡DEL DOLOR AL JÚBILO!	209

MISTERIO ....

CAPÍTULO I

EN TINIEBLAS Y EN PELIGRO

No escribriría yo esta historia, si no tuviera una razón para hacerla pública.

Una vez, en un momento de confianza, relaté á un amigo ciertas circunstancias curiosas de un período extraño de mi vida. Creo que le rogué que no las repitiese á nadie: él dice que nó. Lo cierto es que se las dijo á otro amigo, y sospecho que con sus flores y adornos; y este amigo se las dijo á otro; y así siguió, de amigo á amigo, el cuento. Cómo llegaron á contarlo al fin es cosa que acaso no sepa yo nunca; pero desde que tuve la flaqueza de confiar á otro mis asuntos privados, mis vecinos me han considerado como un hombre de historia, un hombre que bajo un exterior prosáico y sereno lleva oculta una vida de novela.

Por mí mismo, no haría yo más que reirme alegremente de las versiones exageradas del cuento que sacó á luz mi propia indiscreción. Poco me importaría que un buen amigo creyera que yo había sido en otro tiempo comunista terrible, ó miembro siniestro del tribunal de

alguna sociedad secreta; ni que otro hubiese oído decir
que la justicia había andado tras mí por un crimen patibu-
lario; ni que otro me tuviera por un fidelísimo católico,
favorecido con un milagro especial de la Providencia.
Si yo estuviera solo en el mundo y fuese joven, me atrevo
á asegurar que no me esforzaría en contradecir tales ru-
mores: por lo contrario, es propio de la gente joven tener
á gloria el ser objeto de la curiosidad pública.

Pero ni soy joven, ni estoy solo. Hay una criatura
en el mundo que me es más querida que la vida misma; una de cuyo corazón—¡Dios sea bendito! están
desapareciendo ya rápidamente las sombras del pasado;
una que solo desea ser conocida como es, sin que la em-
bellezcan ó la afeen, y pasar su amable y noble existencia
sin ocultaciones ni misterios. Ella es la que se aflije
con las cosas extrañas y absurdas que andan contando de
nuestros antecedentes; ella es la que se lastima de las
preguntas tenaces de algunos amigos demasiado curiosos; por ella es por quien me decido á revolver los ólvi-
dados cuadernos del diario de mi vida, á repasar antiguas memorias de pesares y gozos, y á contar á cuantos
quieran leerlo todo lo que puedan desear saber, y más
de lo que tienen derecho á averiguar, de nuestra vida.
Una vez hecho esto, sellaré mis labios sobre el suceso.
Aquí está mi cuento: el que quiera saber más de él,
pregúnteselo á él mismo; á mí, nó.

Tal vez, después de todo, escribo ésto también por mi
propia cuenta: también yó odio los misterios. ¡Cierto
misterio que jamás he llegado á explicarme, puede haber engendrado en mí esta repugnancia á todo lo que
no tiene una explicación fácil y pronta!

Para comenzar, tengo que retroceder más años de los que yo quisiera; aunque podría, si fuese necesario, fijar el mes y el día. Yo era joven: acababa de cumplir veinticinco años. Era rico: al llegar á la mayor edad entré en posesión de un caudal que me producía una renta anual de dos mil libras esterlinas: las podía gastar tranquilamente, sin comprometer la estabilidad de mi fortuna. Mi mayor edad no fué para mí, como para tantos menguados caballeretes, la señal de las más necias prodigalidades y locuras; y aunque desde los veintiun años fuí mi único dueño, ni debilité mi cuerpo con una vida vergonzosa y precipitada, ni contraje deudas. No me dolía nada en mi cuerpo: ¡ y yo revolvía sin embargo con angustia la cabeza en mi almohada, y me decía, con una voz tenaz que se prendía de mí como las garras de una fiera, que ya la vida sería para mí poco menos que una maldición espantable!

¿ Me había acabado de robar la muerte á algún ser querido ? No; los únicos seres á quienes yo había amado, mi padre y mi madre, habían muerto años hacía. ¿ Me atormentaba acaso algún amor infeliz ? No; mis ojos no se habían fijado aún con pasión en los de mujer alguna: ¡ ni se fijarían ya jamás! Ni el amor ni la muerte causaban mi desdicha.

Yo era joven, rico, libre como el viento. Podía salir al día siguiente de Inglaterra, á viajar por los hermosos países que deseaba tanto ver; ¡ pero yo sabía que no los podría ya ver jamás! y me hacía estremecer mi pensamiento.

Yo era ágil y robusto. Ni el ejercicio ni la intemperie me abatían. Podría competir sin temor con los

más bravos caminadores y los corredores más ligeros. La
caza, las diversiones de campo, las que á tantos otros
fatigan y vencen, nunca fueron mayores que mi capaci-
dad de resistirlas : con mi mano izquierda me palpaba los
músculos de mi brazo derecho, y los sentía firmes como
siempre : ¡ estaba, sin embargo, tan desvalido como Sansón en su cautiverio, porque, como Sansón, estaba ciego !

¡ Ciego ! ¿ Quién, sino el que lo sea, puede entender, ni aun débilmente, lo que quiere decir : *ciego ?*
¿ Quién, entre los que esto leen, puede sondear la profundidad de mi agonía, cuando agitaba yo en la almohada
mi cabeza, pensando en los cincuenta años de sombra
que me restaban acaso por vivir—pensamiento que me
hacía desear dormirme de manera que no pudiese despertar jamás ?

¡ Ciego ! Al fin, después de revolotear año tras año
sobre mi cabeza, el demonio de las tinieblas había puesto
sobre mí sus manos ; y después de hacerme creer, por
un momento, que estaba libre de él, se había abalanzado
sobre mí, me había apretado entre sus alas lúgubres, y
había oscurecido mi existencia. Ya no habría para mí
formas amables, espectáculos gratos, escenas alegres, bri-
llantes colores ! Para sí los quería todos el demonio
sombrío ; y para mí nada más que tiniebla, tiniebla, la
eterna tiniebla ! Mucho mejor era morir y, acaso, despertar en un nuevo mundo de luz : " Mejor," exclamaba
yo en mi desesperación, "mejor las mismas llamas del
infierno que la oscuridad en este mundo." Este amargo
pensamiento mío revela el grado de agitación en que
estaba mi mente.

La verdad era que, á despecho de cuantas esperanzas

se me hacían concebir aún, yo vivía ya sin esperanza.
Años enteros había estado sintiendo que mi enemigo me
acechaba. Á menudo, cuando contemplaba alguno de
esos objetos ó espectáculos de tal hermosura que nos
llevan á pensar en el valor del don de la vista, sentía en
mi oído como un cuchicheo: "Algún día volveré á caer
sobre tí, y entonces todo eso se habrá acabado." Yo
hacía por reir de mis temores; pero el presentimiento
de mi desdicha nunca me abandonaba por completo. Si
mi enemigo había caído una vez sobre mí ¿porqué no
podría caer otra?

Muy bien recuerdo su primer ataque: muy bien recuerdo á aquel estudiantillo alegre, tan entregado á su
estudio y á sus juegos que no notaba la extraña manera
con que se iba oscureciendo y cambiando la vista de uno
de sus ojos. Recuerdo cuando el padre del niño lo
llevó á Londres, á una casa grande y callada, en una
calle grave y silenciosa. Recuerdo cómo estuvimos esperando en una antesala en que otros esperaban también, unos con vendas sobre los ojos, otros con panta-
llas: y tan penoso de ver era todo aquello que sentí un
gran alivio cuando nos llevaron á otra habitación, donde
estaba, en su silla alta de cuero estampado, un buen
señor de modales amables, á quien mi padre llamó Mr.
Jay. Aquel hombre eminente me puso en los ojos algo
que por un instante aclaró mi vista de un modo pro-
digioso—belladona; con ayuda de espejos y de lentes
me miró muy de cerca los ojos, y por cierto que deseé
entonces que algunos de aquellos lentes fueran míos:
¡magníficos me parecieron para vidrios de aumento!;
luégo me puso de espaldas á la ventana, y sostuvo una

vela encendida frente á mi cara: todo aquello me parecía tan curioso que á poco más me echo á reir. De
seguro me hubiera reído, á no notar la expresión de
ansiedad del rostro de mi padre. Recuerdo que el buen
señor, no bien acabó su examen, pasó á mi padre la
vela para que la tuviese frente á mis ojos, al derecho
primero, y al izquierdo luégo, y dijese lo que veía: mi
padre dijo que en mi ojo derecho veía tres velas, una
de ellas, la del centro, al revés, brillante y pequeña; en
el izquierdo no veía más que una, la grande. Aquella
era la prueba catóptrica, casi abandonada, pero infali-
ble. Yo padecía de catarata lenticular. Se curaría con
una operación, sí ; pero mientras no invadiese el mal el
ojo sano, era mejor no hacerla. Recuerdo que no reía
yo cuando oía esto.

Nos despidió afablemente el gran especialista, y volví
á mi vida de escuela, descuidado de mi enfermedad, que
no me hacía sufrir: verdad es que antes de un año apenas veía ya de un ojo: ¿qué me importaba?: con el que
me quedaba veía bastante bien.

Pero yo no había olvidado una sola palabra de aquel
diagnóstico, aunque pasaron años antes de que reconociese su importancia. No vine á meditar en el riesgo
que corría hasta que un accidente me obligó á llevar una
venda por unos cuantos días sobre mi ojo sano : ¡jamás
desde entonces dejé de ver dando vueltas en mi torno,
agitando sus lúgubres alas, á mi implacable enemigo !

La hora había llegado : el enemigo había vuelto sobre
mí, en los albores de mi virilidad, cuando me sonreían la
juventud y la fortuna, cuando todo lo que pudiera ape-
tecer estaba aguardando obediente mis deseos. Había

vuelto sobre mí rápidamente, más rápidamente que en
otros casos de la misma naturaleza: pero tardé mucho
en reconocer toda la extensión de mi desdicha; mucho
tardé en confesarme que era algo más que una debilidad
temporal aquella vista mía que se me apagaba, aquella
bruma impenetrable que iba envolviendo en torno mío
todas las cosas. Estaba yo á centenares de millas de
Inglaterra, en un país donde se viaja muy despacio.
Viajaba en mi compañía un amigo, y no quería yo dis-
gustarlo interrumpiendo súbitamente la expedición por
mi culpa. Nada dije durante muchas semanas, semanas
de indecible zozobra, cada una de las cuales me dejaba
en mayor oscuridad y desconsuelo. Incapaz ya de ocultar mi mal, lo revelé á mi compañero. Y nos volvimos
entonces á nuestra tierra; y cuando, al fin del triste viaje,
llegué á Londres, todo estaba para mí nublado, informe,
perdido, oscurecido. ¡Apenas podía ver la luz del mundo por entre las alas lúgubres de mi enemigo!

Acudí en seguida á aquel eminente oculista. No
estaba en la ciudad. Había estado enfermo, y á punto
de morir. No volvería antes de dos meses, ni vería á
paciente alguno hasta después de haber recobrado enteramente la salud. En él había puesto yo toda mi fe.
Londres, París, otras ciudades tenían, sin duda, oculistas
tan sabios como él; pero yo creía que, de poder alguien
salvarme, sólo me salvaría Mr. Jay. Se concede á los
moribundos todo lo que desean: el mismo reo que va á
sufrir la pena de muerte puede escoger su último al-
muerzo: bien podía yo escoger mi propio médico. Y
resolví esperar en mi tiniebla, hasta que Mr. Jay volviese á sus labores.

¡Loco, loco! Mejor me hubiera sido confiarme á
alguna otra mano inteligente. Antes de un mes había
perdido ya toda esperanza; y al fin de seis semanas,
mucho de mi razón. ¡Ciego, ciego, ciego! ¡ya para
siempre ciego! Tan decaído tenía el ánimo que empecé á pensar en no someterme á la operación. ¿Á
qué oponerse al destino? Á la tiniebla estaba condenado por todo el resto de mi vida. Ni la más fina habilidad, ni la mano más delicada, ni los instrumentos más
modernos podrían volver á mí la luz perdida. Para mí
estaba el mundo terminado.

¿Quién extrañará ahora que aquella noche, quebrado
el espíritu, privados de su luz los ojos, después de semanas enteras de sombra, revolviese yo en la almohada mi
cabeza, agitado é insomne, deseando acaso que me fuese
dada la alternativa que rehusó Job,—maldecir á Dios y
morir? El que estas cosas no crea, léalas á alguno que
haya perdido la vista. El dirá los espantos que sintió
cuando la calamidad visitó su cabeza. El entenderá la
profundidad de mis lamentos!

Yo no estaba enteramente solo en mi cuita. Como
Job, tenía yo mis amigos; pero no de la caterva de los
Eliphaces, sino camaradas de buen corazón, que hablaban con seguridad consoladora de la certeza de mi cura.
No agradecía yo estas visitas como hubiera debido: me
sacaba de juicio el pensamiento de que alguien me viera
en mi desvalida condición. Día á día se agravaban el
desconsuelo y exaltación de mi ánimo.

Mi mejor amigo era, por cierto, muy humilde persona: Priscila Drew, antigua y leal criada de la familia
de mi madre. Priscila me había conocido casi en la cuna.

Cuando volví á Inglaterra, no pude soportar la idea de entregarme al cuidado de gentes extrañas, y rogué á Priscila que viniese: ¡ante ella al menos podía dar salida á mis lamentaciones sin avergonzarme! Vino; dió rienda por algunos momentos al llanto que le arrancaba mi infortunio; y en seguida, como mujer sensata, se dispuso á hacer todo lo que pudiese para mitigar las penas de mi condición. Me buscó habitación agradable, instaló en ella á su triste enfermo, y día y noche estaba al alcance de mi voz. En aquel momento mismo, en que la almohada no ofrecía reposo á mi cabeza, Priscila dormía en una cama portátil al pie de la puerta que comunicaba la sala de recibo con mi alcoba.

Era una noche de Agosto sofocante. El aire pesado que entraba por la ventana abierta refrescaba poco la temperatura de mi cuarto. Parecía todo quieto, caliente y oscuro. No llegaba á mí más ruído que el de la respiración regular de Priscila, que había dejado como una ó dos pulgadas entreabierta la puerta que daba de su habitación á la mía, para poder oir mi voz, por muy suavemente que la llamase. Yo me había acostado temprano. ¿Para qué había de esperar á más tarde? El sueño sólo me traía el olvido; pero el sueño esa noche no venía. Busqué á tientas mi reloj, y toqué el resorte de repetición: había comprado un repetidor para saber al menos, en mi perpetua sombra, qué hora era. Acababa de dar la una. Invocando en vano el sueño, me dejé caer con angustia en mi almohada.

De pronto se apoderó de mí un deseo ardiente de estar al aire libre. Era de noche: debía haber en la calle muy poca gente. La acera de mi cuadra era ancha, y podía pasearme por ella sin riesgo alguno. Aunque no hiciera más que sentarme en la entrada de la casa, mejor estaría que en aquel cuarto ahogado y caluroso, llamando en vano al sueño. Tan vivo llegó á ser mi deseo que estuve á punto de llamar á la buena Priscila para decírselo; pero como sabía que estaba dormida, vacilé. Yo había estado durante el día muy áspero y exigente, y mi anciana enfermera—¡ el cielo me la recompense !—me servía por cariño, no por dinero: ¿ porqué iba á incomodarla ? Alguna vez debía empezar á aprender á valerme de mí mismo, como se valen tantos otros ciegos. Por lo menos podía vestirme sin ayuda. Si me vestía y salía de la alcoba sin que Priscila me oyese, yo podría de seguro deslizarme hasta la puerta de la calle, salir, y cuando me pareciese bien, volver á entrar con la llave de noche. Me seducía la idea de aquella independencia temporal, y mientras más lo meditaba, más capaz me sentía de ella. Resolví al fin intentarlo.

Me bajé con cuidado de la cama, y me vestí despacio, pero sin dificultad, oyendo incesantemente la tranquila respiración de mi enfermera. Cauto como un ladrón, me escurrí hasta la puerta que salía de mi alcoba al pasillo; la abrí sin hacer ruído, y puse el pie sobre la espesa alfombra afuera, sonriendo al pensar cómo se azoraría Priscila si despertase y descubriera mi escapada. Cerré después la puerta y, guiándome por la baranda de la escalera, llegué á la puerta de la calle sin accidente alguno.

Había en la casa otros huéspedes, y entre ellos algunos jóvenes que no tenían hora fija para recogerse; de modo que la puerta de la calle sólo quedaba cerrada con el pestillo que cedía á la llave de noche, y no tenía yo que luchar con cerraduras ni cerrojos. En un instante estuve afuera, con la puerta cerrada detrás de mí.

Me quedé unos momentos indeciso, temblando casi de mi temeridad: era la primera vez que me aventuraba á salir sin guía. Yo sabía, sin embargo, que no tenía nada que temer. La calle, siempre tranquila, estaba á aquella hora desierta. La acera era ancha. Podía pasear por ella arriba y abajo sin obstáculo, guiándome, como otros ciegos hacen, con el bastón, para no caerme al fin de la acera ó tropezar con las verjas de las casas. Pero antes de darme á mi paseo, debía tomar algunas precauciones, á fin de estar siempre seguro de la distancia á que vendría á quedar mi puerta. Bajé los cuatro escalones que llevaban de ella á la acera, me volví á la derecha, y palpando la verja, me puse de modo que quedaba de frente hacia el extremo de la calle. Eché á andar en esa dirección, contando mis pasos, hasta que, cuando ya había contado sesenta y dos, dí con el pie derecho en la calle traviesa, lo que me indicó que allí mi acera doblaba de aquel lado. Dí entonces la vuelta, reconté los sesenta y dos pasos que había andado, y seguí andando y contando, hasta que á los sesenta y cinco pasos tropecé con el otro extremo de la acera. Ya sabía yo, pues, que mi casa estaba casi en el centro de la cuadra. Me sentí á mis anchas: había calculado mi paso; podía andar á un lado y á otro por la acera desierta, y, cada vez que lo desease, sin más que empezar á contar desde uno de sus extremos, detenerme frente á mi puerta.

Grandemente satisfecho de mi éxito, anduve por algún tiempo arriba y abajo. Oí pasar uno ó dos carrua-

jes, y una ó dos personas á pie. Como no me pareció
que estas últimas se hubiesen fijado en mí, me sentí contento al pensar que ni mi aspecto ni mi paso llamaban
la atención.   ¿Quién no gusta de esconder sus defectos?

La excursión nocturna me hizo un gran beneficio. El
cerciorarme de que no estaba yo tan desvalido y sujeto
como imaginaba produjo acaso el cambio súbito que en
unos cuantos minutos exaltó mi mente. De la desesperación pasé á la esperanza, á una esperanza extravagante,
á la certeza misma de mi cura. Como una revelación,
vino á mí la idea de que mi enfermedad tenía remedio;
de que á despecho de mis presentimientos, lo que mis
amigos me habían asegurado era verdad. Me embria-
gó aquella idea de tal modo que eché atrás mi cabeza, y
comencé á andar con paso firme y rápido, olvidado casi
de que estaba sin vista. En muchas cosas empecé á meditar, y mis pensamientos eran más gratos que los que
por meses enteros habían estado agitando mi mente.
Dejé de contar mis pasos; seguí andando adelante, adelante, imaginando lo que haría cuando la tiniebla hubiese
levantado sus alas de mis ojos. No sé si á veces anduve
guiándome por la pared ó por el borde de la acera; mas
si lo hice, fué instintiva y mecánicamente, sin que lo no-
tara yo entonces ni pudiera recordarlo luégo.

No puedo decir si es posible, para un ciego que logra
desembarazarse del temor de tropezar con obstáculos que
no ve, andar tan derecha y seguramente como uno que
goza de la vista: sólo sé que, en aquella exaltada y absorta condición de mi mente, debo haber andado así. Fuera de mí con el súbito retorno de mi esperanza, puedo
haber andado como anda un sonámbulo ó un embelesado.

Ello es que olvidado de todo, menos de mis fogosos pensamientos, adelante anduve y anduve, sin cuidar del sentido perdido, hasta que un choque rudo con una persona que venía andando en dirección opuesta ahuyentó mis visiones y me volvió á la verdad de mi desventura. Sentí como que el hombre con quien había tropezado se apartaba del obstáculo; le oí murmurar: "imbécil," y seguir rápidamente su camino; y yo me quedé inmóvil en el lugar del choque, preguntándome lleno de asombro dónde estaba y qué haría.

Era inútil pensar en volver á mi casa sin ayuda: ni siquiera podía saber cuanto tiempo había andado, porque no llevaba conmigo mi repetidor. Podían haber pasado diez minutos, podía haber pasado una hora desde que cesé de contar mis pasos: una hora debía ser, á juzgar por el número de pensamientos que en aquel trance de venturo-sa exaltación cruzaron por mi mente. De vuelta ya en la tierra, no me quedaba más que aguardar en aquel lugar mismo hasta oir cerca mí los pasos de algún policía, ó los de algún otro transeunte que por azar anduviese fuera de casa en aquella inusitada hora, inusitada al menos en aquel barrio pacífico de Londres. Me recliné en la pared, y esperé con paciencia.

Pronto oí pasos cercanos, pero tan inseguros, ondeantes y desiguales que por ellos pude caer en cuenta de la mísera condición del trasnochante, y reconocer que no era él el hombre que yo necesitaba. Lo dejaría pasar, y aguardaría á algún otro. Pero los piés se vinieron hacia mí, y cerca de mí se detuvieron, al mismo tiempo que una voz, vacilante como ellos aunque gozosa, me decía:

—Ea! como yo! ¿con que no puedes volver á casa,

eh compañero? Bueno es pensar que á alguien le dolerá mañana la cabeza más que á mí.

—¿No podría Vd. indicarme el camino á la calle Walpole? dije irguiéndome, para que viera que yo no estaba ebrio como él.

—¿Á la calle Walpole? ¡vaya que si puedo! ¡cerca, cerca le andas! La tercera á la izquierda, me parece.

—Sí Vd. va por ese camino ¿querría dejarme en la esquina? Soy ciego, y me he extraviado.

—¡Ciego! ¡pobrecillo! bueno estoy yo para llevar á nadie. Ciego que lleva á ciego, dan en hoyo. Ea, pues, dijo con gravedad cómica, cerremos un trato: yo te presto ojos, y tú me prestas piernas. Buena idea. Adelante!

Y me tomó del brazo, y dando tumbos fuímos calle arriba. De pronto se detuvo.

—Calle Walpole, me dijo en un hipo. ¿Te llevo hasta tu casa?

—No, gracias. Hágame el favor de poner mi mano en la verja de la casa de la esquina. Ya de allí yo sigo.

—Que llegues bien. Ojalá me pudieras prestar tus piernas para llevarme á casa. Buenas noches. ¡Dios te bendiga!

Mi guía siguió, taconeando, su camino; y yo comencé el mío hacia mi puerta.

No sabía yo en cual de los extremos de mi cuadra estaba; pero esto importaba poco: con andar sesenta y dos pasos ó sesenta y cinco, ya estaba frente á mi casa. Conté sesenta y dos pasos, y busqué la escalerilla de entrada entre las verjas: no la hallé, y anduve un paso ó

dos hasta encontrarla. Me sentí contento de haber podido volver sin tropiezo, y, para decir la verdad, me iba
ya avergonzando un poco de mi travesura. Deseaba que
Priscila no hubiese descubierto mi ausencia y alarmado
la casa, y creía poder llegar á mi cuarto con el mismo si-
gilo con que había salido de él. A pesar de mis cuidado-
sos cálculos, no estaba yo muy seguro de que la casa á
que había llegado fuese la mía; pero, en caso de error,
sólo sería·de unos pocos pasos, y á una ó dos puertas estaría mi casa: la que se abriese con mi llave de noche,
ésa era.

Subí la escalerilla de la entrada: ¿fueron cinco ó cuatro escalones los que conté al salir? Tanteé el agujero
de la llave, y dí vuelta en él á mi llave de noche. La
puerta se abrió sin dificultad: no me había equivocado.
Me llené de satisfacción por haber dado con mi casa á la
primera tentativa. "Debió ser un ciego el que descubrió que la necesidad es madre de la industria," me dije
al cerrar tras mí suavemente la puerta, preparándome á
buscar el camino de mi cuarto.

No podía darme cuenta de la hora que sería: sabía
solamente que debía ser de noche, porque aún me era
dable distinguir la luz de la oscuridad. Como el lugar
en que había vuelto de mi éxtasis estaba tan cerca de mi
calle, no debía haber andado mucho tiempo: de modo
que yo calculaba que serían como las dos de la mañana.

Más deseoso aún de no ser oído que cuando salí,
palpé el extremo de la escalera y empecé á subir á
pasos callados. Pero, á pesar de estar ciego, aquella
casa no me parecía la mía. La baranda no era como la
de mi casa. La alfombra misma de la escalera me

2

parecía diferente. ¿ Sería posible que me hubiese equivocado ? Es muy frecuente que la llave de una cerradura sirva á otra: ¿ no podía yo, de este modo, estar entrando en la casa de un vecino ? Me detuve: aumentaba el sudor en mi frente, con la idea de la extraña situación en que podía estar colocado. Durante uu momento estuve resuelto á bajar, y á entrar en la casa inmediata; pero aún no sabía de seguro si estaba ó no en la mía. Recordé entonces que en la pared de mi casa, al terminar el primer tramo de la escalera, había una repisa, que sustentaba una figura de yeso : conocía yo con exactitud el lugar, porque muchas veces me habían precavido para no tropezar en ella con la cabeza. Todas mis dudas podrían esclarecerse con ver si la repisa estaba en su puesto. Palpé. Mi mano, que recorría cuidadosamente la pared, nada encontró. La casa, pues, no era la mía. No me quedaba más que bajar, y tentar fortuna en la casa próxima.

En el instante en que me preparaba á bajar oí ruido de voces; tarde como era, había sin duda gentes que hablaban en el cuarto cuya puerta había estado palpando mi mano. Yo no podía distinguir las palabras, pero sí que las voces eran de hombre. ¿ Qué hacer ? ¿ No sería mejor llamar á la puerta, y abandonarme á la merced de los que ocupaban la habitación ? Podía excusarme, y explicarles mi presencia. Mi ceguera la explicaba suficientemente. Alguno habría bastante bondadoso para ponerme en el camino de mi casa. Eso era, sí, lo que debía yo hacer. Yo no podía seguir entrando en casas extrañas como un ladrón nocturno. Tal vez todas las casas de la cuadra tenían una llave común, y se abrirían con la mía. Buen pudiera ser que todo aquello acabase con que un vecino alarmado me saludara con una bala antes de que hubiera yo tenido tiempo de explicarle mi inocencia.

Pero, en el instante mismo en que iba á llamar á la puerta, oí otra voz, una voz de mujer. Parecía que venía de una habitación interior, y que cantaba acompañada en tono bajo por un piano. Me detuve, y escuché. . . .

Tan ocupado me ha tenido la narración de mi desdicha que no he dicho que tenía en ella un consuelo supremo: ese don compasivo, tan á menudo concedido á los ciegos, la música. Á no haber sido por ella ¿ cómo, sin volverme loco, hubiese yo soportado aquellas semanas de oscuridad é incertidumbre? Á no haber sido por que me era dable pasar tocando horas enteras, porque mi desdicha no me impedía asistir á conciertos y oir á otros tocar y cantar, insoportable me hubiese sido la existencia; y me estremezco al pensar en el recurso á que habría yo acaso acudido para hacérmela más llevadera! . . .

Me detuve, y escuché el canto. Era un trozo de una ópera todavía no muy conocida en Inglaterra; pero un trozo de tal dificultad que pocos aficionados podrían atreverse á él. La cantatriz, quien quiera que fuese, lo cantaba suavemente y en tono apagado, como si temiera dar á la voz toda su fuerza, lo que se explicaba por lo adelantado de la hora; pero no era posible que una persona entendida en música desconociese el mérito poco común de la que cantaba, la habilidad ejercitada, el poder reprimido, el vuelo que en condiciones favorables podía tomar aquella voz hermosa. Estaba yo como encantado.

¿No habría venido yo á dar en un nido de gente de teatro, cuyas tareas acaban tan tarde, que tienen que robar al sueño las horas que dedican á las distracciones naturales de la noche? Nada mejor para mi situación: bohemios como eran, no se espantarían de mi inesperada invasión nocturna.

La cantatríz había comenzado la segunda frase: yo había puesto el oído junto á la puerta para no perder una sola nota. Quería oir sobre todo cómo vencía las dificultades del final, un final tan extraño como bello, cuando—¡oh contraste horrible á aquellas dulces perladas notas, y ahogadas palabras de apasionado amor!—oí una boqueada, una tremenda boqueada convulsiva; luégo un gemido prolongado y profundo; luégo un sonido de líquido que brota, que me heló la sangre. Oí que la música se interrumpía de pronto; oí un grito, un terrible grito de aquella voz de mujer que cambiaba súbitamente de la melodía al horror; oí la caída de un bulto recio y pesado sobre el pavimento.

No esperé á oir más. Algo terrible acababa de suceder á pocos pasos de mí. Fiera y desordenadamente latía mi corazón. En el arrebato del instante olvidé que ya yo no era como cuando se socorre y se combate, olvidé que el valor y la fuerza ya á mí de nada me valían, todo lo olvidé, salvo el deseo de prevenir el crimen, el deseo de cumplir con mi deber de hombre de socorrer y salvar la vida de los que la tienen en peligro. Abrí de un golpe la puerta, y me precipité á la habitación. Al punto, apenas me sentí rodeado de luz ¡una luz que de nada me servía!, comprendí el riesgo y la inutilidad de mi locura, y como un relámpago cruzó mi mente la idea de que, desarmado, ciego y desvalido, solo había entrado en aquella habitación para recibir en ella la muerte.

Oí un juramento, una exclamación de sorpresa: como de más lejos, oí el grito de la mujer, pero sofocado y desfallecido: parecía como si hubiera empeñada una lucha en la habitación inmediata. Impotente como estaba para prestar mi ayuda, dí, llevado de mi impulso, unos dos pasos en la dirección del grito; tropezó mi pie en algo, y caí de bruces sobre el cuerpo de un hombre. Aun en medio del horror que me aguardaba, temblé al sentir mi mano, apoyada en el hombre tendido, humedecerse con un líquido tibio que fluía lentamente sobre ella.

Antes de que pudiera levantarme, ya me habían asido por la garganta dos manos vigorosas, que me retuvieron encorvado, mientras que á corta distancia oía distintamente el ruido seco de un golpe de gatillo. Montaban un revólver. ¡Oh, quién me diera luz por un segundo! ¡luz, aunque no fuera más que para ver á los que me arrebataban la vida, aunque no fuera más que para saber ¡deseo singular! el lugar de mi cuerpo en que debía hundirse la bala! Y yo, que una hora ó dos hacía me había atrevido en la agitación de mi insomnio á desear la muerte, sentí en aquel momento que la existencia, aquella misma existencia de sombras, me era tan cara como á todo ser vivo. Y en altísima voz, en una voz tal que á mí mismo me parecía la de un extraño,

—¡Respeten mi vida! dije: ¡yo soy ciego, ciego, ciego!

CAPÍTULO II

EBRIO Ó SOÑANDO

Las manos que me sujetaban no me abandonaron un solo momento, aunque hubieran podido hacerlo sin peligro. Mi única probabilidad de salvar la vida en aquella situación era mantenerme en paz y convencer, si podía, de mi ceguera á los que me rodeaban. Nada podía ganar, mas sí perderlo todo, con la resistencia. Yo era robusto; pero, aun cuando hubiese estado en plena posesión de todos mis sentidos, dudo que hubiera podido sobreponerme al hombre que me tenía sujeto. En la fuerza de su presión sentía el vigor de sus brazos. ¡Bien corta habría sido la lucha, ciego yo como estaba, y desvalido! Aquel hombre, además, tenía compañeros; cuántos, no lo sabía yo, mas todos estarían pronto á ayudarlo. Mi primer movimiento hubiera sido la señal de mi muerte. No hice esfuerzo alguno por levantarme; tan quieto y dócil me mantuve como el cuerpo que yacía á mis piés postrado. Una hora me parecía cada momento.

¡Qué situación la mía! Un ciego, en una habitación agena de casa desconocida, sujeto por dos manos implacables sobre el cuerpo de un hombre cuyo último suspiro acaba de oír; sujeto, á la merced de aquellos que de se-

guro habían cometido un abominable crimen, sin poder
mirar al rostro de los asesinos, y leer en sus ojos la sentencia de muerte ó de vida; esperando á cada instante recibir en su cuerpo el golpe ardiente de una bala ó la herida
aguda de un cuchillo; sin ver ni sentir más que dos manos sobre su garganta, y un cuerpo muerto á sus piés; sin
oir más que aquel gemido ahogado, lejano, comprimido!
¿Ideó nunca situación como la mía la más fantástica novela?

Desde aquella noche he dejado de creer que los cabellos encanezcan en un solo día : ¡ yo me hubiera levantado
entonces de allí con la cabeza blanca! Solo puedo decir
que todavía ahora, cuando tras largos años escribo esto;
cuando todo en derredor mío está en calma dichosa y apacible; cuando sé bien que los que amo están cerca de mí,
me tiembla la pluma, corre el frío en mis venas, mis fuerzas todas desmayan al asaltarme el recuerdo de aquellos
terribilísimos instantes, con una vividez que intento en
vano describir.

Fuí afortunado en poder mantenerme quieto, excla-
mando sin cesar: "¡ Soy ciego! ¡ véanlo! ¡ véanlo!" Mi
sumisión, el tono de mi voz, decidieron acaso de mi vida.
De pronto, mi vista oscurecida percibió la luz viva de
una lámpara, colocada tan cerca de mí que sentía su calor
en mi rostro : comprendí que alguien se había inclinado
ó arrodillado junto á mí, y examinaba mis ojos. Me daba
en la mejilla su aliento corto, rápido y excitado, el aliento
del que acaba de cometer un crimen!

Se levantó por fin : un momento después, dejaron
libre mi cuello las manos que me lo oprimían : ¡ tenía,
por lo tanto, alguna probabilidad de vivir!

Aún no había hablado ninguno de los que me rodeaban : de pronto oí rumor de voces, pero tan contenidas y bajas que mis oídos, aguzados en mi infortunio, solo pudieron percibir que eran tres los que de aquel ahogado modo hablaban.

Y mientras tanto, como acompañamiento apropiado y lúgubre, oía aquel gemido sofocado de mujer, aquel incesante gemido! Todo lo que poseía hubiera yo dado, todo, excepto la vida, por poder ver durante un minuto, por entender lo que había sucedido y estaba sucediendo al rededor mío.

Los cuchicheos continuaban, precipitados, confusos y violentos, como de hombres empeñados en una discusión ardiente y reservada. ¡Poca inteligencia era menester para adivinar el asunto del debate! Cesaron los cuchicheos de pronto : no se oía más que aquel terrible, sofocado gemido, que continuaba con lúgubre monotonía!

Alguien me tocó con el pie. "Levántese," dijo una voz. La exclamación que oí al entrar en la habitación me pareció venir de labios de extranjero; pero el que se dirigía á mí en este instante hablaba en correcto inglés. Yo estaba ya recobrando mi propio dominio, y anotaba en la mente estos detalles.

Agradecido porque me permitían apartarme de mi fúnebre compañía, me levanté del lado del muerto. Nada mejor podía hacer que quedarme inmóvil.

—Ande hácia adelante, cuatro pasos! dijo la voz. Obedecí. Al tercer paso dí contra la pared. Querían convencerse de que estaba ciego.

En mi hombro se posó una mano, y me llevaron á una silla.

—Con tan pocas palabras como pueda, dijo la misma voz, explíquenos quién es Vd., y porqué y cómo está aquí. Pronto : no podemos perder tiempo.

Bien sabía yo que no podían perder tiempo. Tenían mucho que hacer, mucho que esconder. ¡Oh! ¡quién me hubiese dado ver por un solo momento! ¡Lo hubiera yo pagado, aun á precio de años enteros de oscuridad!

Tan brevemente como pude, les dije cómo me veía en aquel lance. Sólo les escondí mi verdadero nombre. ¿Por qué habían de saberlo aquellos asesinos? Si se los revelaba podían continuar vigilándome; y en cualquier momento en que su seguridad lo demandase, podía yo compartir la suerte de aquel que yacía á pocos pasos de mí. Les dí un nombre falso, pero en todo lo demás les dije la verdad.

Y mientras les hablaba, oía incesantemente aquel lamento al otro extremo de la habitación. Me perturbaba el juicio aquel lamento. Creo que, á haberme sido posible en la oscuridad de mis ojos caer sobre uno de aquellos malvados y apretarle la garganta hasta que exhalase la vida, lo hubiera hecho sin vacilar, aunque semejante arrebato me acarrease mi propia muerte.

No bien terminé mi explicación se renovaron los cuchicheos. El que hablaba me pidió la llave que había estado á punto de costarme la existencia. Supongo que la probaron, y vieron que era cierto lo que les había dicho. No me la devolvieron, pero la voz se dirigió á mí una vez más.

—Afortunadamente para Vd., hemos decidido creer lo que nos dice. Levántese.

Me puse en pie, y me llevaron á otro lugar de la ha-

bitación, donde me hicieron sentar de nuevo. Según el
hábito de los ciegos, extendí mis manos y reconocí que
estaba con el rostro vuelto hacia una esquina de la habitación.

—Si se mueve Vd. ó mira al rededor, dijo la voz, ce-
sarémos de creer que es Vd. ciego.

No podía yo esconderme la seca amenaza envuelta en
las últimas palabras. No pude más que estarme inmóvil
en mi silla, y oir con el mayor cuidado.

Sí: tenían mucho que hacer. Se movían de un lado
á otro rápidamente. Abrían alacenas y gavetas. Percibí el ruído de papeles que rompían, y el olor de papeles quemados. Oí que levantaban del suelo un peso
muerto; oí un ruído como de ropa rasgada; oí sonar dinero; hasta el golpe de un reloj de bolsillo oí, que sacaron
de algún lugar y pusieron en una mesa cercana á mí.
Por la entrada súbita del aire fresco comprendí que habían abierto la puerta. Oí en la escalera pasos pesados,
los pasos de hombres que llevan una carga recia; y temblé al pensar cuál sería la carga!

Antes de que estuviese rematada la última tarea, cesó
el lamento de la mujer. Había venido ya debilitándose,
y en algunos momentos interrumpiéndose. Al fin dejé
de oirlo. Esto alivió mucho mis nervios sobreexcitados,
pero me llené de espanto al imaginar que acaso habían
sido dos las víctimas.

Aunque dos hombres, por lo menos, debían ser necesa-
rios para llevar aquella carga fuera, yo sabía que no me
habían dejado solo. Oí que alguien se dejaba caer en una
silla, con un suspiro de cansancio: aquel hombre estaba
allí vigilándome. Yo anhelaba verme libre de aquella

tortura; anhelaba despertar, y hallar que todo había sido un sueño. Mi situación se me hacía ya insoportable. Dije, sin volver la cabeza:

—¿Cuánto tiempo he de estar todavía entre estos horrores?

Oí que el hombre se movía en su asiento; pero no me respondió.

—¿No puedo irme? supliqué. Yo no he visto nada. Pónganme en la calle, no me importa dónde. Me volveré loco si estoy aquí más tiempo.

Tampoco obtuve respuesta: no hablé más.

Á los pocos instantes los ausentes volvieron. Cerraron tras de sí la puerta. Cuchichearon otra vez, y oí que destapaban una botella, á lo que siguió un ruído de vasos. Bebían algo, después de la sombría faena de la noche.

Percibí entonces un olor extraño, un olor de droga. Sobre mi hombro se apoyó una mano, y me pusieron entre los dedos un vaso lleno de un líquido.

—Beba, dijo la misma voz de antes.

—No, exclamé; puede ser veneno.

Rompió uno de ellos en una risa breve y dura, y sentí sobre mi frente una fría boca de metal.

—No es veneno: es un narcótico que no le hará daño. Pero esto, añadió oprimiendo sobre mi frente el círculo de hierro, esto es otro asunto. Elija.

Apuré el vaso, y sentí con placer que apartaban el revólver de mi frente.

—Ahora, dijo el que hablaba, quitándome de la mano el vaso vacío, si Vd. es un hombre sensato, cuando se despierte mañana dirá: "He estado ebrio ó soñando." Vd.

nos ha oído, pero no nos ha visto; recuerde que nosotros lo conocemos.

Se alejó de mí, y á los pocos momentos vencía mi vana resistencia un oscuro sopor. Mis pensamientos se turbaban, y parecía abandonarme la razón. Mi cabeza cayó primero de un lado, y después de otro. Lo último que recuerdo es que un brazo vigoroso rodeó mi cuerpo, y me libró de caerme de la silla. Cualquiera que la droga fuese, su efecto había sido rápido y enérgico.

Hora tras hora me tuvo sin sentido; y cuando al fin, desvanecido su poder, batallando mi mente entre sombras por volver al juicio, logré después de muchas tentativas convencerme de que estaba tendido en una cama; más, cuando extendiendo el brazo y palpándola, ví que era mi cama propia, ¿parecerá maravilla que me dijera á mí mismo: "He soñado el más terrible sueño que fatigó jamás á una imaginación atormentada?"

Después de este esfuerzo mental caí de nuevo en un estado semi-consciente; pero persuadido por completo de que no había abandonado mi cama. Inmensa fué mi alegría á este descubrimiento.

Mas si mi inteligencia volvía á su vigor, no así mi cuerpo. Parecía que mi cabeza se me partía en dos: mi lengua seca estaba pegada al paladar. Mientras más se me aclaraba el juicio, más visible era para mí mi estado. Me senté en la cama, y me oprimí las sienes adoloridas.

—¡Oh, mi niño!—oí decir á la buena Priscila; ¡ya está volviendo en sí por fin! Entonces oí otra voz, una voz de hombre, suave y grata.

—Sí: su enfermo estará pronto bien. Permítame pulsarlo, Mr. Vaughan.

Sentí sobre mi muñeca un dedo blando.

—¿Quién es? pregunté.

—El Doctor Deane, su servidor, dijo el hombre extraño.

—¿He estado enfermo? ¿Cuánto tiempo? ¿Cuántos días?

—Sólo unas cuantas horas. No tiene Vd. motivo de alarma. Reclínese otra vez, y permanezca quieto por algún tiempo. ¿Tiene Vd. sed?

—Sí; me muero de sed; dénme agua.

Me la dieron, y la bebí con afán: mi alivio fué grande.

—Ahora, enfermera, dijo el Doctor, prepárele un poco de té ligero; y cuando desee algo de comer, déselo. Yo volveré más tarde.

Priscila acompañó al Doctor Deane á la puerta, y, ya de vuelta junto á mi cama, batió y ahuecó las almohadas para que me sintiese más cómodo. Ya para este tiempo estaba yo enteramente despierto, y los sucesos de la noche se reproducían en mi memoria con una claridad y precisión de detalles que no eran ¡ay! como las que deja un sueño.

—¿Qué hora es? pregunté.

—Cerca del medio día, Señor Gilberto. Priscila me hablaba con tono pesaroso de persona ofendida.

—¿Del medio día? ¿pues qué me ha sucedido?

La anciana lloraba. Bien la oía yo. No me respondió, y repetí mi pregunta.

—Oh, Señor Gilberto, me dijo sollozando: ¿cómo pudo Vd. hacerlo? Cuando entré en la alcoba y ví la cama vacía, pensé que iba á dar al suelo.

¡Cuando vió la cama vacía! Temblé. Los horrores de la noche eran ciertos.

—Cómo pudo Vd. hacerlo, Señor Gilberto, repitió Priscila. ¡Salir sin decirme palabra; echarse á andar por medio Londres, solo, con sus ojos enfermos!

—Siéntate, siéntate, y díme lo que me ha sucedido.

Todavía Priscila no parecía dar por satisfecho su agravio.

—Si quería Vd. beber su poco, ó tomar alguna de esas picardías que le hacen á uno dormir y le quitan el sentido, bien pudo Vd. haberlo hecho en casa, Señor Gilberto: una vez que otra, no se lo hubiera tenido yo á mal.

—Como que estás hoy hecha una vieja loca, Priscila. Cuéntame todo lo que sucedió anoche.

Fué necesario que me viera ya montado en cólera para que la buena mujer se decidiese á hablar sin ambajes: sentía como si me diese vueltas la cabeza mientras le oía su relato, que fué como aquí sigue.

Á eso de una hora después de mi salida despertó Priscila, y puso el oído á la puerta para asegurarse de que yo dormía. Como no percibió el menor sonido, entró en la alcoba y vió mi cama desierta, lo que de seguro la aterró más de lo que me confesaba, pues ella conocía bién mi abatimiento y mis quejas de los últimos días, y sin duda imaginó en el primer instante que había puesto fin á mi existencia. Salió en mi busca, y dió al instante aviso á la policía, á la que logró interesar con sus ruegos tenaces y la descripción de mi estado. De la oficina á que acudió telegrafiaron al instante á todas las demás de Londres, y Priscila esperó, como sobre ascuas, hasta eso de las cinco de la mañana, en que del otro extremo de la capital llegó por fin respuesta : acababan de depositar allí un hombre joven que parecía ciego, y que estaba ciertamente ebrio é incapaz de valerse.

Allá voló Priscila. Me halló acostado y sin sentido, y á la policía dispuesta á conducirme, en cuanto me repusiese, ante el juez de orden. Se mandó á llamar un médico, que certificó que mi desmayo no provenía de embriaguez. Priscila me hizo llevar en seguida á un carruaje, no sin decir sus verdades á la gente de la policía, por el abandono y mal tratamiento en que me había hallado. Partió triunfante con su carga, que no había vuelto aún en sí, y la depositó al fin en la cama que había abandonado incautamente. Noté con pena que, á pesar del sermón con que se había despedido de los policías, ella pensaba de mi condición lo mismo que ellos; por lo que estaba muy reconocida al Doctor, á quien me imagino que miraba como un curandero discreto y complaciente, que había sacado de un mal lance á un caballero con una explicación oportuna, pero falsa.

—No he sabido yo que se quedase uno después insensible tanto tiempo. No lo vuelva á hacer, Señor Gilberto, dijo Priscila, como fin de la plática.

No intenté desvanecer su sospecha. No era á Priscila por cierto á quien deseaba yo confiar mi aventura nocturna. Lo mejor era callar y dejar que dedujese para sí lo que, tal vez, no era lo menos natural.

—No volveré á hacerlo, le dije. Dame algo de almorzar. Té y tostadas : algo.

Salió á traérmelo : no era que tuviese yo hambre, sino que quería estar solo algunos minutos para pensar,— en el grado al menos en que mi malestar lo permitiese.

Recordé entonces todo lo que me había sucedido desde que dejé la puerta de mi casa: mi paseo fantástico, mi guía ebrio, aquel canto que oí, y después, aquellos sonidos y contactos, horribles y elocuentes. Todo lo recordaba con claridad é ilación hasta el instante en que me forzaron á beber el narcótico: desde aquel momento, nada podía leer en mi mente. El relato de Priscila me hacía saber que durante mi sopor debí ser conducido á varias millas de distancia de la casa y abandonado en la acera, donde me encontró la policía. Entreví el hábil plan. Me habían dejado caer, insensible, lejos de la escena del crimen de que había sido testigo incompleto. ¿Quién creería, con aquella apariencia, mi extravagante é improbable historia?

Me asaltó entonces el recuerdo del horror que sentí cuando, encorvado á la fuerza sobre el cuerpo tendido, había estado corriendo sobre mi mano aquel líquido tibio. Llamé á Priscila.

—Mira, le dije, tendiéndole mi mano derecha como para que la examinase: ¿está limpia mi mano, estaba limpia cuando me encontraste?

—¡Nada de limpia, Señor Gilberto!

—¿Pues cómo estaba? pregunté excitado.

—Llena de lodo estaba, como si se hubiera Vd. entretenido en jugar en el arroyo. ¡Lindas vinieron sus pobres manos y su cara! Lo primero que hice fué lavarlas. Dicen, ya lo sabe Vd., que eso vuelve pronto el sentido á los que salen de noche.

—Pero la manga de mi levita, la manga de mi camisa, la manga derecha. Mira si están limpias.

Priscila rompió á reir.

—Lo que es aquí no vinieron las mangas derechas. Á alguien le parecieron bien, y las desgarró por encima del codo. Su brazo estaba desnudo.

Se desvanecían, pues, todas las pruebas circunstanciales que hubieran podido confirmar mi relato. Nada había para sustentarlo, más que la afirmación de un ciego, que salió de su casa en la alta noche, y á quien se halló algunas horas después en tal estado que los guardas del orden público habían tenido que encargarse de él.

Pero yo no podía callar aquel crimen cuyo recuerdo me agoviaba el juicio. Al día siguiente, cuando ya habían desaparecido los efectos del narcótico, hice venir á mi abogado, que era un amigo fiel, y por cuyo consejo decidí seguirme. Pronto me convencí de que era inútil hacerle creer mi cuento. Me oyó gravemente, diciendo de vez en cuando: "! Bueno! ¡ bueno!"—"¿ De veras?"—"¡ Cosa más extraña!" y otras exclamaciones de sorpresa; pero bien ví que procuraba sólo no contrariarme, y creía que cuanto yo le relataba era simple imaginación. De seguro que Priscila le había dicho de antemano todo lo que sabía. Su incredulidad me desconcertó, por lo que allí mismo le dije que no volvería á hablar del suceso.

—Eso haría yo si fuese Vd., me respondió.

—¿ No me cree Vd., pues?

—Sé que Vd. cree cierto lo que me dice; pero mi opinión es que Vd. echó á andar dormido y soñó todo lo que me cuenta.

Muy irritado para argüirle, tomé su consejo, en cuanto á él al menos, y no hablé más del caso. Probé después con otro amigo, con igual resultado. Si los que me conocían desde mi niñez no me daban crédito ¿ cómo habían

de creerme los extraños? Todo lo que tenía yo que decir
era vago é insostenible; ni el lugar del crimen podía fijar
siquiera. Ya yo había averiguado que ninguna de las
casas de mi cuadra se abría con una llave semejante á la
mía. No había otra calle del mismo nombre en las inme-
diaciones. Los piés inseguros de mi guía me extraviaron
sin duda, y me dejaron en una cuadra que no era la mía.

Llegué á pensar en invitarlo por un anuncio en los
diarios á ponerse al habla conmigo; pero no pude frasear
la invitación de modo que la entendiese él, sin que pudiera excitar las sospechas de los criminales. Bien posible
era que, todavía en aquel momento, estuviera alguno de
ellos en acecho de mis actos. Una vez me habían dejado
vivo; pero en la segunda, me tratarían sin misericordia.
¿Á qué iba yo á arriesgar mi vida por revelar lo que
nadie había de creer, por acusar á hombres que me eran
desconocidos? ¿Á quién vendría provecho de esto? Ya
los asesinos habían ocultado de seguro todas las huellas
del crimen, y asegurado su retirada. ¿Por qué había yo
de arrostrar el ridículo que caería de seguro sobre un relato como el mío, cuya certeza me era imposible compro-
bar? No: sea en buen hora el horror de aquella noche
como un sueño: desvanézcase y olvídese.

Tuve muy pronto algo más en qué pensar, algo capaz de
alejar de mí aquellos recuerdos lúgubres. Ya la esperanza era certidumbre. Mi alegría rayaba en delirio: la
ciencia había triunfado: ¡la ciencia había arrancado de
mis ojos las alas sombrías de mi enemigo! De nuevo era
ya luz el mundo. ¡Podía ver!

Pero mi cura había sido larga y tediosa. Me habían
operado ambos ojos, uno primero, y cuando se estuvo se-

guro del éxito de la operación, el otro. Pasaron meses
antes de que me permitiesen salir de la oscuridad. Me
iban devolviendo la luz poco á poco y cautelosamente:
¿qué me importaba la dilación, si ya me tenía inundado
de gozo la certidumbre de que todo estaría pronto á mis
ojos vestido de claridad? Esperé agradecido y tranquilo.
Sabía que mi obediencia á Mr. Jay me sería recompensada
con la perfección de mi cura, y en todo le obedecí.

El método empleado en mi operación fué el más sencillo y seguro, el de solución ó absorción, que se emplea
siempre que la edad del enfermo y la naturaleza de la enfermedad lo permiten. Cuando todo había acabado, y no
corría ya riesgo de inflamación; cuando, con ayuda de
fuertes cristales convexos, podía ver ya cuanto necesitaba
para los usos comunes, Mr. Jay se felicitó, y me felicitó á
mí: aquella cura, me dijo, prometía ser la más afortunada
de todas las suyas. Notable debió ser, en verdad; puesto
que me dicen que todas las obras de Oftalmología publi-
cadas después citan mi caso.

No olvidaré por cierto mientras viva aquella hora en
que declararon mi cura terminada; en que desataron las
vendas que cubrían mis ojos, y me dijeron que podía
usar otra vez mis ojos libres! Sentía yo en mi interior
toda la luz del mundo: ¡qué alegría, despertar de aquella
noche que parecía no tener fin, despertar y ver el sol, las
estrellas, las nubes llevadas por el viento á través del hermoso cielo azul! ver las ramas verdes balanceándose á
la brisa, reflejando su sombra movible en mi camino! observar cómo la flor, que era botón ayer, es hoy rosa abierta! admirar el océano brillante, que inflama el sol poniente! regalar la vista en los cuadros, en las gentes, en

las montañas, en los arroyos! conocer la forma, el color, los matices! ver, no sólo oir, los labios vivos y la risa de los que estrechan mi mano y me dicen palabras bondadosas! En aquellos primeros días de luz reciennacida, el rostro de cada mujer, hombre y niño me eran tan agradables de ver como el de un amado amigo, ausente há mucho tiempo y al fin vuelto! Lo que me apeaba de mi éxtasis eran aquellos horrendos cristales convexos que desfiguraban mi rostro.

—¿ Y los tendré que usar siempre? pregunté con tristeza.

—De eso quería hablarle, dijo Mr. Jay. Sin cristales, nunca podrá Vd. ver. Recuerde Vd. que yo he destruído, absorbido, disuelto en sus ojos los cristales que se llaman lentes cristalinos. Su lugar está ocupado ahora por el humor fluído, que es un cuerpo sumamente refractario. Es probable que si Vd. no cede á la naturaleza, ella ceda á Vd. Si Vd. puede dominarse y contenerla, ella vendrá á Vd. gradualmente. Nadie mejor que Vd. puede hacer esto : Vd. es joven, no tiene ocupación constante ; su vida no depende de su vista. Cristales siempre tendrá Vd. que usar ; pero si Vd. insiste en que la Naturaleza obre sin ayuda de ellos, lo probable es que la Naturaleza al fin consienta. Es un procedimiento tedioso : pocos han perseverado hasta el fin ; pero mi experiencia es que en eso, como en todo, vence el que persevera.

Determiné vencer. Siguiendo su consejo, aunque con grandes molestias, usé unos lentes que apenas me dejaban entrever las formas vagas de los objetos, pero mi paciencia fué recompensada. Grado á grado, aunque con mucha lentitud, noté que mi vista iba siendo más segura, hasta que, al cabo de dos años, podía ver tan bien como las demás personas, sin más ayuda que la de unos cristales tan levemente convexos que apenas era posible percibirlo. Una vez más comencé á gozar de la vida.

No puedo decir que en esos dos años no volví á pensar en aquella terrible noche; pero nada hice para descubrir el misterio, ni para persuadir á nadie de que aquellos sucesos no habían sido imaginación mía. Sepulté en mi corazón la historia de mi aventura, y jamás volví á hablar de ella. Por si pudiese necesitarlos, escribí todos los detalles del suceso, y procuré apartar de mí la memoria de cuanto había oído. Todo lo pude olvidar, menos una sola cosa: no podía pasar mucho tiempo sin que me asaltara el recuerdo tenaz de aquel gemido de mujer, aquella dolorosa transición de la voz de la dulce melodía á la desesperación irremediable. Aquel grito turbaba mi sueño, cuando soñaba en los acontecimientos de aquella noche; aquel grito me resonaba en los oídos, al despertarme trémulo, pero agradecido, porque aquella vez, al menos, sólo estaba soñando.

CAPÍTULO III

EL MEJOR MONUMENTO

Es primavera, la primavera hermosa del norte de Italia. Mi amigo Kenyon y yo andamos vagando por la ciudad rectangular de Turín, tan alegres y desocupados como en ciudad alguna anduvo nunca un par de camaradas. Hemos estado en Turín una semana, tiempo bastante para ver cuanto ha de visitar un viajero que conoce sus deberes. Hemos visto á San Giovanni, y los templos. Hemos subido, ó las buenas bestias de carga nos han subido, por la Superga arriba, y contemplado allí el mausoleo de los príncipes de la casa de Saboya. Más de lo que deseáramos hemos visto el viejo y enojoso Palacio Madama, que mira como con ceño á nuestro hotel, del otro lado de Piazza Castello. La sencillez y vulgaridad del Palacio Real nos han maravillado, y los grotescos adornos de ladrillo del Palacio Carignano nos han movido á risa. Hemos murmurado á nuestro sabor de la pobreza de la galería de pinturas. No nos queda, en suma, cosa que ver en Turín; y, con el desden que engendra la familiaridad, ya no nos miramos como míseros átomos perdidos, cuando nos detenemos en las plazas enormes ó nos torcemos el cuello para mirar las inmensas estátuas de bronce de Marochetti.

Nuestra tarea está terminada. Andamos ahora holgazaneando y divirtiéndonos, abandonándonos á la molicie del delicioso clima, y revolviendo perezosamente en nuestro pensamiento el día en que sacarémos de la ciudad nuestras alegres personas, y el lugar á donde irémos á dar con ellas.

Seguimos calle abajo por la Via di Po, deteniéndonos acá y allá para curiosear en alguna de las tentadoras tiendas que adornan sus umbrosas arcadas; atravesamos la Piazza Vittorio Emmanuele; cruzamos el puente cuyos cinco arcos de granito trasponen el Po clásico; damos la vuelta al llegar frente á la iglesia abovedada, y á poco estamos andando por la ancha vía cubierta que lleva al Monasterio de los Capuchinos, cuya amplia terraza es nuestro refugio favorito. Allí podemos en calma grata dejar correr el tiempo, y ver el río á nuestros piés, la gran ciudad tendida en la orilla opuesta, el llano abierto en que Turín termina, y allá lejos, más lejos, en el vasto fondo, los magníficos Alpes coronados de nieve, y el Monte Rosa y el Grand Paradis levantándose por sobre todos sus hermanos: ¿qué mucho que nos sea más grata la vista que se disfruta desde aquella terraza que la de galerías, palacios é iglesias?

Nos regalamos los ojos descansadamente, y por nuestro camino nos volvemos con el mismo paso vagabundo que traíamos á la venida. Luego que reposamos algunos instantes en nuestro hotel, cruzamos llevados de un vago deseo la gran plaza, del otro lado del palacio ceñudo, entramos por la Via di Seminario, y por la vigésima vez fuímos á dar á San Giovanni. Andaba yo buscando, con la cabeza al cielo, las bellezas arquitectónicas de que pudiera envanecerse la gran fachada de mármol, cuando me sorprendió oír decir á Kenyon que iba á entrar en el edificio.

—Pero ¿ no hemos hecho voto, le dije, de no volver á visitar interiores de iglesia, ni galerías de pintura, ni ninguna otra trampa de viajeros?

—¿ Qué es lo que hace á los hombres mejores quebrantar sus votos?

—Supongo que muchas cosas.

—Pero una cosa en particular. Mientras tú andas cabeza arriba mirando ojivas y capiteles, con aire de sabihondo en arquitectura, el más bello de todos los monumentos, una mujer hermosa, acaba de pasar bajo tus narices.

—Entiendo, y te absuelvo.

—¡Oh, gracias! Ha entrado en la iglesia. Me acomete la devoción, y entro.

—¿ Pero nuestros cigarros?

—Dáselos á los pobres. Líbrate de los hábitos de avaricia, Gilberto. La avaricia come.

Como yo sabía que Kenyon no era hombre que abandonase un buen habano sin razón poderosa, hice como decía, y entré con él por las naves oscuras de San Giovanni.

No decían misa en aquel momento. Los grupos habituales de viajeros vagaban de un lado á otro de la iglesia, tratando de parecer muy interesados en las bellezas, imperceptibles para casi todos ellos, que los guías incansables les apuntaban. Acá y allá rezaban unos cuantos fieles. Kenyon buscó rápidamente con los ojos "el más hermoso de todos los monumentos," y lo descubrió á los pocos instantes.

—Ven de este lado, dijo. Sentémonos, y hagamos como que rezamos con mucha devoción. De aquí podemos verle bien el perfil.

Me puse junto á él, y ví á poca distancia de nosotros una italiana ya entrada en edad, que rezaba de rodillas con fervor, mientras que sentada á su lado aguardaba una joven como de veintidos años, cuyo tipo no revelaba el país de su nacimiento. Por las cejas y las pestañas bajas se adivinaba que sus ojos eran negros; pero por su pura tez pálida, por sus facciones finas y precisas, por su espeso cabello castaño pudiera parecer hija de varios países, aunque, á haberla encontrado sola, hubiera yo dicho que era inglesa.

Llevaba elegantemente su sencillo traje, y comprendí por sus ademanes que no venía á aquella iglesia por primera vez: no miraba de pared á pared, y del pavimento al techo, como miran los viajeros, sino que esperaba inmóvil á que su anciana compañera hubiese terminado sus oraciones. No parecía que hubiese ido allí á rezar ni á ver, sino, probablemente, á acompañar á la anciana, que tenía aire de antigua criada de familia y, á juzgar por el ahinco de sus oraciones, debía estar muy necesitada del favor divino. Desde mi asiento podía yo distinguir el movimiento incesante de sus labios, y aunque no se percibían sus palabras, era evidente que le salían del corazón las demandas que encaminaba al cielo.

Su joven compañera no la imitaba, ni volvía á ella los ojos. Inmóvil como una estatua estuvo durante todo aquel tiempo, con la mirada constantemente baja, absorta en apariencia en una idea profunda, que me pareció había de ser triste: de su rostro no nos fué posible ver más que el perfil perfecto. Kenyon no había exagerado: aquel rostro tenía para mí un peculiar atractivo, y su completo reposo no era lo que menos me agradaba de él. Mi deseo de verla de lleno era ya vivo; pero como no podía satisfacerlo allí sin brusquedad, tuve que esperar á que por acaso volviese la cabeza.

Al fin, la anciana dió señas de haber acabado sus preces, y en cuanto ví que se preparaba á persignarse, me levanté precipitadamente y seguí á paso largo hacia la puerta, donde á los pocos minutos llegaron la anciana y su compañera. Pude ver á la joven á mis anchas, mientras esperaba á que la anciana se humedeciese los dedos en la pila de agua bendita: era indudablemente hermosa, pero había algo extraño en su belleza. Así me pareció cuando sus ojos tropezaron un momento con los míos: negros y espléndidos como eran, noté en ellos una mirada absorta y distraída, una mirada que parecía pasar á través de uno y alcanzar lo que había más allá de él. Causó en mí una impresión singular esta mirada; pero como nuestros ojos sólo se habían encontrado durante un segundo, apenas pude decirme si mi impresión había sido grata ó desagradable.

La joven y su acompañante se detuvieron algunos momentos en la puerta, lo que nos permitió pasar delante de ellas á Kenyon y á mí, que decidimos esperar afuera. Bien puede ser que cometiésemos con esto una falta de cortesía; pero ambos estábamos ansiosos de ver salir á aquella criatura cuya aparición había despertado en nosotros tan vivo interés. Al atravesar la puerta de la iglesia, nos fijamos en un hombre de mediana edad y apariencia distinguida, que estaba cerca de los escalones de la entrada. Era de fuerte espalda y usaba anteojos. Á haber deseado yo determinar su posición social, hubiese dicho que seguía de seguro una carrera literaria. De su nacionalidad no cabía duda : era italiano hasta la médula. Evidentemente aguardaba allí á alguien ; y cuando la joven, seguida de la rezadora ferviente, salió de San Giovanni, movió el paso y se unió á ella.

La anciana dejó escapar un grito reprimido de sorpresa, y le tomó la mano, en la que dió un beso. La joven no pareció conmovida : era claro que con quien tenía que hacer el caballero era con la vieja criada. Le dijo algunas palabras, y se alejó con ella á unos cuantos pasos bajo el toldo de la iglesia, donde, en toda apariencia, hablaban de prisa y con empeño, sin dejar de mirar en dirección de la joven.

Cuando la criada se apartó de ella, siguió la joven andando unos pasos ; pero se detuvo, y se volvió hacia la anciana, como aguardando por ella. Entonces fué cuando, sin parecer indiscretos ni bruscos, pudimos ver de lleno su andar arrogante y acabada hermosura.

—Es hermosa, dije, más para oirme yo mismo que para que me oyese Kenyon.

—Sí ; pero no tanto como creí. Falta algo en esa belleza, aunque me es imposible decir lo que es. ¿ Es la animación ó es la expresión ?

—Yo no veo que le falte nada, dije, con tal entusiasmo que Kenyon se echó á reir.

—¿ Es así como los caballeros ingleses se quedan mirando en Inglaterra á las mujeres de su país y calculando su valor en los lugares públicos, ó es ésa una costumbre adoptada para beneficio de los italianos ?

Esta atrevida pregunta fué hecha por alguien que hablaba junto á mí.   Kenyon y yo nos volvimos al mismo tiempo, y vimos á un hombre alto, como de treinta años, que estaba á nuestra espalda.   Sus facciones eran correctas; pero de conjunto poco agradable.   Bastaba una ojeada para adivinar que aquel recio bigote escondía una boca irreverente, y que á aquellas cejas y ojos negros subía punto la cólera.   En aquel instante la expresión del hombre era de arrogancia altanera y ofensiva, que hiere siempre más cuando el que nos habla con ella es extranjero. Que nuestro provocador no era inglés era bien claro, por más que nos hubiese hablado en inglés muy correcto.

Ya tenía yo en los labios una respuesta viva, cuando Kenyon, que era persona de muchos recursos y muy capaz de decir en un apuro lo propio del caso, se puso en mi camino.   Se quitó el sombrero, é hizo al hombre alto un saludo cortés, calculado con tal maña que era imposible decir donde acababa la reparación y empezaba la ironía.

—Señor, dijo: un inglés viaja por esta hermosa tierra para celebrar cuanto tiene de bello en el arte y en la naturaleza.   Si nuestras celebraciones ofenden, pedimos excusa.

Frunció el ceño el hombre, que no sabía bien si mi amigo se burlaba de él ó le hablaba en veras.

—Si hemos obrado mal ¿ se servirá el señor presentar nuestras excusas á la señora? ¿ su esposa sin duda, ó tal vez su hija?

Como el hombre era joven, el fin de la pregunta era un sarcasmo.

—Ni esposa, ni hija, dijo bruscamente.   Kenyon se inclinó.

—¡ Ah ! su amiga entonces. Permítame el señor que le felicite, y le dé también mi enhorabuena por su conocimiento de nuestro idioma.

El hombre no sabía ya á que atenerse : Kenyon hablaba con la mayor gracia y naturalidad.

—He estado muchos años en Inglaterra, dijo en tono breve.

—¡ Muchos años ! Apenas puedo creerlo ; pues veo que el señor no se ha hecho cargo de esa cualidad inglesa que es mucho mas importante que el acento ó el idioma.

Kenyon se detuvo, y miró al hombre con una expresión tan amistosa y sencilla que le hizo caer en el lazo.

—¿ Se servirá decirme cuál ? preguntó.

—No mezclarse en lo que no le importa, dijo Kenyon áspera y brevemente, volviéndole la espalda, como si allí hubiera tenido fin la discusión.

Se inundó de ira el rostro del hombre alto. No quité los ojos de él, temiendo que cayese sobre mi amigo ; pero se contentó con echar al aire un voto : y así acabó el suceso.

Mientras en esa conversación estábamos, la anciana se había despedido de su culto amigo, y echado á andar acompañada de la joven. Nuestro áspero italiano salió al encuentro del que había estado hablando con la criada, y tomándole del brazo siguió con él en dirección diversa, y á poco desapareció de nuestra vista.

Kenyon no me mostró intención de seguir á las dos mujeres, y á mí me dió vergüenza proponérselo ; mas no sé porqué imagino que iba yo disponiéndome á volver al día siguiente á San Giovanni.

Pero no la ví más. No quiero decir cuántas veces volví en vano á la iglesia. Ni á la hermosa joven ni á la anciana criada volví á ver mientras estuve en Turín. Varias veces nos encontramos en la calle con nuestro impertinente amigo, cuyo ceño arrugado no mereció de nosotros atención alguna; pero aquella delicada criatura de la tez pálida y los extraños ojos negros, no volvió á presentarse en mi camino.

Sería absurdo decir que me había enamorado de una mujer á quien sólo había visto unos cuantos minutos, á quien nunca había hablado, cuyo nombre y habitación me eran desconocidos; pero debo confesar que, por lo que hace á la hermosura, mujer alguna había hecho en mí hasta entonces la impresión que hizo ella. Hermosa como era, apenas podía decir qué me atraía así y me fascinaba. Yo había conocido en mi vida á muchas mujeres hermosas; y sin embargo, por una leve probabilidad de volver á ver á aquella, me detuve en Turín, abusando de la paciencia del condescendiente Kenyon, hasta que, fatigado ya de mis esperas, me hizo saber que si al punto no partíamos, él se iría solo. Consentí al fin. Diez días habían pasado aguardando en vano volver á ver á mi desconocida. Recogimos nuestras tiendas, y salimos en busca de nuevas aventuras.

De Turín seguimos viajando camino del sur: á Génova, á Florencia, á Roma y Nápoles, y á otros lugares menores. Cruzamos de allí á Sicilia, y en Palermo, como lo teníamos concertado, nos embarcamos en el yacht de otro amigo. No habíamos andado con prisa en nuestro viaje, sino que en cada ciudad nos detuvimos cuanto nos pareció bien; de modo que cuando el yacht, terminada su excursión, nos devolvía á Inglaterra, estaba ya en sus últimos soles el verano.

Muchas veces, muchas, desde que salí de Turín, había pensado en la joven á quien ví en San Giovanni: tan á menudo pensaba en ella, que yo mismo me burlaba de mi locura. Nunca hasta entonces había persistido tanto tiempo en mi memoria el recuerdo de un rostro de mujer. Algún extraño encanto debía haber para mí en aquella hermosura. Yo recordaba cada una de sus facciones, y, á haber entendido de pintar, pudiera haberla retratado de memoria. Por extravagante que mi afición me pareciese, no podía yo ocultarme que, á pesar de no haberla visto más que breves momentos, la impresión que había causado en mí, en vez de debilitarse, se hacía mas viva cada día. Me tuve á mal el haber salido de Turín antes de volver á verla, aunque para conseguirlo hubiese tenido que aguardar allí meses enteros. Me decía que mi salida de Turín me había hecho perder una oportunidad que sólo se presenta al hombre una vez en la vida.

Kenyon y yo nos separamos en Londres. El fué á Escocia á cazar codornices, y yo, que no había decidido aún lo que haría en el otoño, determiné quedarme, por algunos días al menos, en la ciudad.

¿Fué obra de la casualidad ó del destino? En la mañana siguiente á mi llegada á Londres, tuve que ir por mis negocios á la calle Regent. Iba yo muy despacio por la ancha acera abajo, dejando vagar lejos de Londres el pensamiento; iba tratando de sofocar cierto deseo loco que se había apoderado de mi mente, el deseo de volverme en seguida á Turín; iba pensando en la sombría iglesia y en el hermoso rostro que desde hacía tres meses

no abandonaban mi memoria. Y en el instante mismo en
que con los ojos de la mente veía otra vez á la joven y á
su vieja compañera en la sombra del templo, allí, en pleno
Londres, levanté la vista, y en cuerpo y en alma las tuve
delante de mí.

Grande fué mi asombro; pero ni un instante pensé
que me engañaba. Á menos que no fuera una ilusión ó
un sueño, allí venía, caminando hacia mí, con su vieja
criada al lado, aquella en quien había pensado con tanta
insistencia. Dijérase que acababan de salir de San Giovanni. Había un ligero cambio en la apariencia de la anciana, vestida ahora más al estilo de las criadas inglesas;
pero ella nó : ella estaba como cuando salió del templo de
Turín. "Hermosa, más hermosa que nunca," se dijo mi
corazón, que salió de quicio al verla. Pasaron junto á
mí: yo me volví instintivamente y las seguí con los ojos.

¡ Sí : era el destino ! Puesto que había vuelto á hallarla de tan inesperada manera, cuidaría bien de no perderla
de vista. No intenté esconder por más tiempo mis senti-
mientos. La impresión que sacudió todo mi ser al volver
á hallarme frente á ella no me dejaba duda. Yo estaba
profundamente enamorado. Dos veces, nada más que
dos veces la había visto; pero bastaban para convencerme
de que si mi suerte se había de ligar por fin á la de mujer
alguna, á la de aquella mujer se ligaría, aunque su nombre, hogar y país me eran desconocidos.

Sólo una cosa podía hacer : seguir á las dos mujeres.
Durante una hora ó más, por donde quiera que fueron, á
respetuosa distancia fuí tras ellas. Entraron en una ó dos
tiendas, y esperé afuera. Cuando reanudaron su camino,
anduve cosido á sus pasos, pero con tal cuidado que mi

persecución debía pasar desapercibida y no podía causar ofensa. Pronto salieron de la calle Regent y fueron á parar á una de las muchas hileras de casas que adornan á "Maida-vale." Observé bien la casa en que entraron, y al pasar por su puerta pocos momentos después la ví otra vez, asomada á la ventana, arreglando en un vaso unas flores. Había, pues, dado con la casa en que vivía.

¡ Era el destino ! Enamorado como estaba, sólo lo que el amor me aconsejaba podía hacer. Debía averiguar todo lo que se refiriese á mi desconocida. Debía ponerme en relación con ella, y obtener el derecho de mirar de cerca aquellos ojos extraños y hermosos. Debía oirla hablar. Reí de nuevo, pensando en lo absurdo de enamorarse de una mujer cuya voz no se ha oído jamás, de quien no se sabe siquiera la lengua que habla ; pero el amor está lleno de absurdos. Una vez que el amor empuña el látigo, nos lleva en verdad por muy extraños caminos.

Tomé una determinación atrevida. Volví sobre mis pasos hasta la puerta de la casa. Una criada de buena apariencia salió á abrir.

—¿ Hay aquí habitaciones de alquiler ? pregunté, teniendo ya en mi mente como seguro que mi desconocida sólo vivía en aquella casa como huesped.

Había habitaciones de alquiler, y no bien mostré deseo de verlas, me enseñaron un comedor y alcoba en el piso bajo.

Calabozos hubieran podido ser aquellos aposentos en vez de cuartos ventilados y alegres como eran ; vacíos hubieran podido estar, y nó adornados, como estaban, de lindos muebles ; cincuenta libras de renta á la semana me hubieran podido, en lugar del modesto alquiler que me pidieron: de todos modos los aposentos hubieran sido míos. Nunca tuvo aquella casa inquilino más fácil de satisfacer. Vino la dueña, y cerré el trato al punto. De buena bolsa se hubiera podido hacer aquella excelente señora con el alquiler de sus aposentos del piso bajo, á haber conocido el estado de mi ánimo. En lo único en que se mostró difícil, fué en los informes que pudiese yo darle de mí. Cité en mi abono á varias personas; pagué allí mismo adelantado un mes de renta; y obtuve licencia de la dueña para entrar en posesión de los aposentos aquella misma noche, "porque yo acababa de llegar á Inglaterra, y deseaba fijarme en mi casa sin demora."

—¡Ah! dije como al descuido, al salir de la casa para volver con mi equipaje: olvidaba preguntar á Vd. si tenía otros huéspedes: ¿supongo que no hay niños? ·

—No, señor; los únicos huéspedes son una señora y su criada. Tienen el piso primero: son gente muy tranquila.

—Gracias, dije. Creo que voy á estar muy bien. Volveré como á eso de las siete.

Yo había alquilado de nuevo mis antiguas habitaciones en la calle Walpole, antes de que aquel inesperado encuentro alterase mis planes. Volví á ellas, empaqueté todo lo que me pareció necesario, y dije á los dueños de la casa que iba á pasar con un amigo unas semanas. No dejé mis habitaciones. Á las 7 ya estaba yo en "Maida-vale" gratamente instalado.

¡Sí: era el destino! ¿Quién podía dudar de que todo lo que sucedía estaba dispuesto por su mano? Por la mañana estaba yo á punto de volverme á Turín en busca de mi amada; por la noche, iba á dormir bajo su mismo techo.   Sentado en mi sillón, dibujando con el deseo en el humo rizado de mi cigarro toda especie de amables visiones, apenas puedo creer que solo algunos pasos la separan de mí, que la veré mañana, pasado mañana, y siempre,-y siempre!   Sí: este amor mío es ya irremediable : me acuesto pensando en que soñaré en ella ; pero, acaso por la novedad del aposento, mis sueños son menos gratos que mis pensamientos : ¡ durante toda la noche he estado soñando en el ciego que se entró una noche en cierta casa extraña, y oyó aquéllos terribles sonidos !

CAPÍTULO IV

NI PARA QUERER, NI PARA CASARSE

Ha pasado una semana. Mi amor crece. Cierto estoy ya de la energía de mi pasión, de que este súbito amor mío durará tanto como mi vida, de que no es efímero capricho que desvanecerán la ausencia ó el tiempo. Logre yo ó nó ser querido, esta mujer será mi primero y último amor.

No he adelantado aún cuanto hubiese deseado. La veo todos los días, porque estoy siempre en acecho para verla salir y entrar; y cada vez que la veo, hallo nuevos encantos en su rostro y mayor gracia en toda su figura. Kenyon tenía razón, sin embargo. Es de un género extraño su hermosura. Aquel puro rostro pálido, aquellos ojos negros soñadores y abstraídos, no son, nó, como los de la mayor parte de las mujeres, lo que acaso explica la singular fascinación que ejerce en mí. Su andar es firme y gracioso; nunca altera su paso; su rostro es siempre grave, y creo habla pocas veces con la anciana criada, que no se aparta nunca de su lado. Comienzo á mirarla como un enigma, y á dudar que me sea dable llegar á poseer su clave.

Sé de ella algunas cosas. Se llama Paulina, dulce y

apropiado nombre, Paulina March: es, pues, inglesa, aunque algunas veces le oigo decir algunas palabras en italiano á la vieja Teresa, su criada. No parece conocer á nadie, y, á juzgar por lo que veo, nadie sabe de ella más de lo que sé yo: yo por lo menos, sé que vino de Turín, y eso es más de lo que los otros saben.

Todavía ocupo mis aposentos, aguardando una ocasión propicia. Es una tortura vivir en la misma casa que aquella á quien se ama, y no encontrar oportunidad de comenzar el asedio. La vieja Teresa la guarda como toda una dueña española. Sus ojos me lanzan miradas suspicaces y vivas cada vez que las hallo á mi paso y les deseo los "buenos días" ó "buenas noches" á que un vecino puede arriesgarse sin cometer descortesía. De ellas no he recibido más que esos fríos saludos. Ni los ojos ni los gestos de Paulina parecen alentarme. Me devuelve mi saludo gravemente, y como desde lejos y con apatía. Bien claro veo que el amor á primera vista suele no ser recíproco. Me consuelo con pensar que el destino me tiene sin duda algo reservado, sin lo cual Paulina y yo jamás habríamos vuelto á vernos.

No me queda, pues, más que atisbar desde detrás de las espesas cortinas rojas de mi ventana cuándo mi amada, acompañada siempre de esa bellaca Teresa, sale de casa y vuelve. Y esto mismo tengo que hacerlo con mucha cautela; porque la diestra dueña me alcanzó á ver una vez en mi escondite, y desde entonces jamás pasa sin huronear con sus ojos vivaces en mi ventana. Como que empiezo ya á odiar á Teresa.

Sin embargo, si he adelantado poco, vivo en la misma casa de Paulina, y respiro el mismo aire que ella. No soy hombre impaciente, y puedo esperar una buena ocasión, que ha de venir al cabo.

Hé aquí cómo vino. Una noche oí una caída, un ruído de porcelana rota, y un grito de alarma. Me eché afuera de mi aposento, y hallé á Teresa postrada en la escalera, gimiendo dolorosamente entre los escombros del mejor juego de té de la señora de la casa. ¡Mi ocasión por fin!

Con la desvergonzada hipocresía del amor, corrí á su ayuda, tan dispuesto á servirla como si hubiese sido mi propia madre. Traté con exquisito cuidado de ayudarla á levantarse, pero se dejó caer, lamentándose, en desdichado inglés, de que tenía un pie roto. Le hablé en italiano, lo que pareció volverle los ánimos perdidos; y pude convencerme de que se le había dislocado una rodilla de tan mala manera que no podía ponerse en pie. Le dije que la llevaría á su habitación, y sin más miramientos la alcé en mis brazos y eché escalera arriba.

Paulina aguardaba en el pasillo. Sus grandes ojos negros estaban abiertos de par en par, y el espanto se reflejaba en toda ella. Me detuve un instante para explicarle lo que había sucedido; y llevé en seguida á Teresa á su habitación, y la dejé en su cama. La criada de la casa había salido ya en busca de un médico; al retirarme, Paulina me dió las gracias por mi bondad de un modo tranquilo, pero como desentendido. Aquellos ojos soñadores se encontraron con los míos; pero apenas pareció que lo notasen. Sí: yo no podía menos de confesármelo: la criatura á quien miraba como una deidad era poco sensible; pero ¿cómo sustraerse al encanto de su hermosura? ¡Aquel rostro acabado, aquel cuerpo candoroso y esbelto, aquella espesa cabellera castaña, aquellos mismos extraños ojos negros! ¡No había de seguro en el mundo una mujer que le fuese comparable!

Me dió su mano al despedirse de mí: una mano pequeña, suave y elegante. Difícilmente pude contener mi deseo de imprimir en ella mis labios; difícilmente pude resistir la tentación de decirle en aquel mismo instante que por meses enteros ella había ocupado únicamente mi pensamiento; pero si siempre hubiera sido incauta semejante confesión en una primera entrevista, más que nunca lo era en aquellos instantes, cerca de la vieja Teresa que padecía cerca de mí, sin que el dolor, sin embargo, la enagenase de modo que no tuviera puestos los ojos sobre todos mis movimientos. Me limité á expresar mi deseo de poderles ser útil en algo, y con una inclinación de cabeza, me retiré discretamente. Pero nuestras manos se habían ya enlazado: ¡ya Paulina y yo no éramos por más tiempo dos extraños!

No fué la dislocación de Teresa tan grave como ella imaginaba; pero la obligó á quedarse en la casa algunos días. Yo había creído que la reclusión de Teresa me ayudaría en algún modo á estrechar mi amistad con su joven señora; pero el resultado no respondió á mis esperanzas. En los primeros días no supe que Paulina saliese de casa. Una ó dos veces me encontré con ella en las escaleras y, fingiéndome interesado en la curación de su criada, la retuve conversando breves momentos. Me pareció que era excesivamente tímida, tan tímida que la conversación que hubiera yo anhelado prolongar, á los pocos instantes moría naturalmente. No era yo bastante vanidoso para atribuir su cortedad y reticencia á la misma causa que me hacía ruborizar y tartamudear al hablarle á ella.

Por fin, una mañana la ví salir sola de la casa. Tomé el sombrero y fuí en su seguimiento. Estaba dándose paseos por la acera frente á la entrada. Me acerqué á ella, y, después de mi usual pregunta por la salud de Teresa, me mantuve á su lado. Era preciso hacer de modo que nuestras relaciones quedasen más adelantadas.

—¿No hace mucho que está Vd. en Inglaterra, Miss March? dije.

—Algún tiempo, algunos meses, me replicó.

—Yo la ví á Vd. esta primavera en Turín, en la iglesia, en San Giovanni.—Paulina alzó los ojos, y los fijó en los míos con una mirada peculiar y perpleja.

—Estaba Vd. allí con su criada, una mañana, añadí.

—Sí, íbamos allí á menudo.

—Vd. es inglesa ¿no es cierto? ¿su nombre al menos no es italiano?

—Sí, soy inglesa.

Hablaba como si no estuviese enteramente segura de lo que decía, ó como si el asunto de la conversación le fuese indiferente.

—Vd. vive aquí: ¿Vd. no volverá á Italia?

—No sé; no puedo decir.

No podía yo prometerme menos de mi interlocutora. Muchas tentativas hice para conocer algo de sus costumbres y aficiones. ¿Tocaba? ¿cantaba? ¿le agradaba la música, la pintura, el teatro, los viajes, las flores? ¿Tenía muchas amistades? Todo esto hallé manera de preguntarle, directa ó indirectamente.

No eran satisfactorias sus respuestas. Ó evadía mis preguntas, como si tuviese determinado que yo no supiese nada de ella, ó las respondía como si no las entendiese.

Muchas de ellas le causaban una extrañeza visible. Tan gran misterio era para mí Paulina al acabar nuestro paseo como al comenzarlo. Lo único que de ella me alentaba es que no parecía deseosa de esquivar mi compañía. Una y otra vez pasamos por delante de nuestra casa sin que mostrase intención de entrar, como, á querer verse libre de mí, pudo haber hecho. No había en sus ademanes la menor apariencia de coquetería : muy quieta y reservada me iba pareciendo, pero muy natural y sencilla ; ¡ y era ella tan hermosa, y yo estaba tan ardientemente enamorado !

No tardé mucho en apercibirme de que los ojos tenaces de la vieja Teresa nos acechaban desde las persianas de la sala ; sin duda se había levantado de su cama para ver que su señora no cayese en alguna malandanza. Me montó en ira el espionaje ; pero era aún demasiado pronto para libertarme de él.

Antes de que Teresa pudiese cojear de puertas afuera, volví á hablar con Paulina más de una vez de aquel mismo modo. Veía con regocijo que parecía alegrarse cuando me unía á ella. Mi principal dificultad era hacerla hablar. Oía tranquilamente cuanto yo le decía, pero sin comentario, ni más réplica que un " sí " ó un " nó." Si, por rara casualidad, me hacía una pregunta ó decía una frase mas larga que las habituales en ella, no crecía en ánimos con eso, sino que volvía al punto á su lenguaje apático. Atribuía yo gran parte de esto á cortedad de Paulina y á su vida retirada, pues la única persona con quien viese yo que hablaba era aquella terrible Teresa.

No había gesto ó palabra de Paulina que no revelasen su buena crianza y cultura ; pero me sorprendía en ver-

dad su ignorancia en cosas de letras. Si citaba yo un
autor ó mencionaba un libro, no tomaba cuenta de ello; ó
me miraba como si mi alusión la sorprendiese, ó como si
se avergonzara de su ignorancia. Aunque había logrado
verla varias veces, no estaba yo satisfecho de mi adelanto,
y sabía que no había dado aún con la clave de su naturaleza.

No bien sanó de su rodilla la adusta criada, ó compañera, oí grandes nuevas. La dueña de la casa me preguntó si conocía yo á algún amigo á quien recomendar la
casa, algún amigo de mis costumbres, decía la buena señora; porque Miss March iba á mudarse, y la dueña pre-
fería alquilar los aposentos á un caballero.

No me quedó duda de que aquel era un ardid de la
bellaca de Teresa. Cuantas veces se encontró conmigo
por las escaleras, me había asaeteado con los ojos. Cuando
le preguntaba cómo iba de su caída, me respondía agria-
mente. No cabía duda de que era mi enemiga; de que
había caído en la cuenta de mi afición por Paulina y batallaba por apartarnos. No tenía yo modo de saber á
cuánto alcanzaban su autoridad é influencia sobre la joven; pero hacía tiempo ya que no la tenía como una mera
criada. La noticia de la mudanza próxima de mis vecinas me convenció de que, si quería yo llevar á término
feliz mi amor á Paulina, tenía que entrar en algún arreglo
con aquella desapacible guardadora.

Aquella misma noche, al oir que bajaba, abrí la puerta
de golpe y me encaré con ella.

—Señora Teresa, dije, con remilgada cortesanía, ¿ me
hace Vd. el favor de entrar en mi cuarto ? Deseo hablarle.

Fijó en mí una de aquellas miradas suyas, suspicaces y rápidas; pero accedió á mi ruego. Cerré la puerta y le acerqué una silla.

—¿Cómo va su pobre rodilla? le pregunté afectuosamente en italiano.

—Va bien, señor, me respondió con su voz breve.

—¿No quiere Vd. acompañarme á tomar una copa de vino dulce? Lo tengo á mano.

Muy mal parecía quererme Teresa; pero no me hizo objeción alguna, sino que paladeó gustosamente la copa que le tendí.

—¿Y Miss March, está bien? No la he visto hoy.

—Está bien.

—De ella es de quien quiero hablar á Vd.: ¿no lo ha adivinado?

—Lo había adivinado, me dijo, con una mirada colérica llena de desafío.

—Sí, continué; sus ojos vigilantes y fieles han penetrado lo que yo no tengo ningún deseo de ocultar. Quiero á Paulina.

—Á ella no se la puede querer, dijo Teresa abruptamente.

—¿Cómo no se ha de querer á una criatura tan hermosa? La quiero, y me casaré con ella.

—Ella no se puede casar.

—Óigame bien, Teresa. He dicho que me casaré con ella. Soy conocido y rico. Tengo cincuenta mil liras al año.

Mi renta anual, que reducida á la moneda de su país debía de parecerle considerable, causó en ella el efecto que yo había esperado. No me mostraban sus ojos, por

cierto, mayor amistad; pero su mirada de asombro y aca-
tamiento repentino me revelaron que había dado con el
talón de aquella aya invulnerable: la codicia.

—Dígame ahora por qué no puedo yo casarme con
Paulina.   Dígame á quién debo ver para pedirla en matrimonio.

—Con ella no puede haber matrimonio.

Nada más pude obtener de Teresa. Nada quiso decirme sobre la familia ó los amigos de Paulina. Nada
más sino repetirme que no podía querer, ni casarse.

Solo un recurso me quedaba por tentar. La ávida
mirada de Teresa cuando le hablé de mi renta me sugirió
este pensamiento. Tenía que descender al ardid vulgar
de comprar la voluntad de la dueña. ¡El fin justifica los
medios!

Es costumbre mía, cuando ando en viajes, llevar conmigo una buena suma de dinero. Saqué de mi cartera
un mazo de billetes de banco, y conté cien libras esterlinas en billetes nuevos. Cayó sobre ellos el ojo hambrien-
to de Teresa.

—¿Sabe Vd. cuanto hay aquí? le dije. Con una inclinación de cabeza me indicó que lo sabía. Corrí hacia
ella dos de los billetes. Su mano descarnada parecía querer abalanzarse sobre ellos.

—Dígame quiénes son los amigos de Miss March, y
tome para Vd. esos dos billetes. Todo cuanto Vd. ve
aquí será suyo el día en que Miss March y yo nos casemos.

Por algunos momentos se estuvo la italiana callada;
pero bien veía yo que la tentación le iba ganando el ánimo.   Le oí entonces murmurar: "¡50,000 liras; 50,000
al año!"   El encanto obraba.   Por fin se puso en pie.

—¿No quiere Vd. tomar este dinero? le pregunté.

—No puedo. No me atrevo. De veras no puedo. Pero . . . .

—¿Pero qué?

—Yo escribiré. Yo diré todo lo que Vd. me dice al Doctor.

—¿Al Doctor? ¿Quién es el Doctor? Yo mismo puedo verlo ó escribirle.

—¿He dicho el Doctor? Se me ha escapado. No; Vd. no debe escribir. Yo le preguntaré y él decidirá.

—¿Escribirá Vd. en seguida?

—En seguida. Y Teresa, echando sobre las dos libras los ojos avariciosos, se volvió como para salir.

—¿Porqué no se lleva los billetes? le dije, poniéndoselos en la mano.

Con febril alegría se los escondió en el seno.

—Dígame, Teresa, seguí melosamente: ¿Vd. cree que Miss March, que Paulina, piensa algo en mí?

—¿Quién sabe? respondió la anciana con un tonillo petulante. Yo no sé: pero le digo otra vez que ella no está para querer, ni para casarse.

¡Ni para querer, ni para casarse! Dí suelta á la risa cuantas veces me acordé de aquella adivinanza de Teresa. Si en la tierra había alguna criatura que, por sobre todas las demás, estuviesa hecha para el amor y el matrimonio, Paulina era! ¿Qué quería darme á entender Teresa? Me vino entonces á la memoria el fervor con que rezaba aquella mañana en San Giovanni; y dí por seguro que Teresa era una ardentísima católica, y quería que Paulina tomase el velo. Por de contado que era eso; eso lo explicaba todo.

Luego que tuve comprada á Teresa, todo yo fuí un castillo en el aire, imaginando que iba á gozar á mis. anchas de la compañía de Paulina, sin interrupciones ni espionaje. La criada había tomado mi dinero, y sin duda haría por complacerme para aumentar su tesoro. Si podía persuadirla á que me dejase pasar algunas horas al día al lado de Paulina, nada tendría yo que temer de la hostilidad de Teresa. El soborno era cierto, y aunque á mí mismo me avergonzaba haber acudido á él, no podía yo dudar de su eficacia.

Tuve que aplazar para la noche siguiente mi primera amorosa tentativa, porque en la mañana me llamaba un pequeño quehacer urgente, que me tuvo de un lado para otro algunas horas. Atónito me quedé al oir á mi vuelta que mis vecinas se habían mudado de casa. No tenía idea la señora de dónde pudiesen haber ido. Teresa, que parecía ser la que manejaba los dineros, pagó y se fue con Paulina. Nada más podían decirme.

Me dejé caer en una silla maldiciendo de la alevosía italiana; pero como pensase al mismo tiempo en la italiana codicia, no perdí por completo la esperanza. Acaso Teresa me escribiría ó vendría á verme. Yo no había olvidado las anhelosas miradas que lanzaba sobre mis billetes de banco. Pero día sobre día pasó sin que llegase á mí recado ó carta.

Empleé todos aquellos días, en su mayor parte, vagando por las calles con la esperanza vana de encontrarme con las fugitivas. Solo después de haberla perdido por segunda vez vine á saber cuánto quería á Paulina. No puedo describir apropiadamente aquel ardiente deseo mío de volver á ver su hermoso rostro. Temía yo, sin embargo, que tanto amor no fuese compartido : á haber sentido Paulina por mí el más ligero interés ¿cómo me hubiera abandonado de aquel modo secreto y misterioso? Tenía aún que conquistar su corazón : fuera del suyo, no había amor en la tierra que me pareciese de valor alguno.

Hubiera vuelto á mis antiguas habitaciones de la calle Walpole, á no temer que, si dejaba las de "Maida-vale," pudiera Teresa, fiel á su compromiso, venir y no hallarme. Diez lentos días habían corrido ya desde la fuga, y comenzaba yo á perder toda esperanza, cuando recibí una carta.

Estaba escrita en elegante estilo italiano, y firmada por Manuel Ceneri.

Solo decía que el firmante " tendría la honra de venir á verme á las doce del día siguiente." Del objeto de la visita no hablaba ; pero bien sabía yo que sólo uno podía ser, uno sólo : el deseo que me llenaba el corazón. Teresa, al fin, no me había sido desleal. Paulina sería mía. Esperé con febril impaciencia la aparición de Manuel Ceneri.

Acababan de dar las doce cuando me anunciaron su llegada, y se abrieron para él las puertas de mi aposento. Al instante lo reconocí : era el hombre de edad mediana y espalda robusta que había hablado con Teresa bajo el toldo de San Giovanni en Turín. Sin duda era el Doctor de quien Teresa me había hablado, como del árbitro de la suerte de Paulina.

Se inclinó cortésmente al entrar ; me midió de una mirada, como queriendo recoger en ella cuanto mi aspecto le pudiese revelar de mí, y ocupó la silla que le indiqué.

—No pido á Vd. excusa por esta visita, me dijo, porque sin duda sabe Vd. á lo que vengo.

Me hablaba en buen inglés; pero con el acento extrangero muy marcado.

—Creo adivinarlo.

—Soy Manuel Ceneri, médico. Mi hermana era la madre de Miss March. Por Vd. acabo de venir de Génova.

—¿Vd. conoce ya entonces mi deseo, el gran deseo de mi vida?

—Sí, lo conozco: Vd. desea casarse con mi sobrina. Yo tengo, Mr. Vaughan, muchas razones para desear que mi sobrina permanezca soltera; pero la petición de Vd. me ha hecho alterar mi propósito.

Como de una paca de algodón trataba el tío de la suerte de Paulina.

—En primer lugar, añadió, me dicen que Vd. es de buena familia y rico. ¿Es esto cierto?

—Mi familia es distinguida. Estoy bien emparentado, y puedo ser considerado rico.

—Supongo que me dará Vd. pruebas de su fortuna.

Hice una seca inclinación de cabeza, y en una hoja de papel escribí á mi apoderado, autorizándole á informar ampliamente al portador sobre mis bienes. Ceneri dobló la esquela, y la guardó en su bolsillo. Puede ser que me conociese el enojo que me inspiraba la mercenaria exigencia de sus preguntas.

—Me veo obligado á ser muy cauto en esta materia, dijo, porque mi sobrina no posee nada.

—No espero ni deseo nada.

—Antes era rica, muy rica; pero hace mucho ya que

perdió toda su fortuna. ¿Vd. no deseará saber cuándo ó cómo?

—Repito mis palabras. Ni espero ni deseo nada.

—Bien, pues. No tengo derecho á rehusar su oferta. Aunque Paulina tiene mucho de italiana, su educación y costumbres son inglesas. Un marido inglés le convendrá mejor. ¿Vd. no le ha hablado todavía de su cariño?

—No he tenido oportunidad de hablarle. Lo hubiera hecho sin duda, pero al comenzar nuestra amistad, la alejaron de mí.

—Sí; mis órdenes á Teresa eran terminantes. Sólo permití á Paulina que viniese á vivir en Inglaterra á condición de que obedeciese en todo á Teresa.

Aunque aquel hombre hablaba como quien tenía autoridad absoluta sobre su sobrina, ni una sola palabra había dicho que revelase afecto. Pudiera haberse creido que le era totalmente extraña.

—¿Pero supongo que ahora me será permitido verla? dije.

—Sí, con ciertas condiciones. El hombre que se case con Paulina March debe contentarse con tomarla tal como es. No debe hacer preguntas, no debe inquirir nada de su nacimiento y familia, no debe averiguar nada de su infancia. Ha de contentarse con saber que es bella, y que la ama. ¿Bastará esto?

Tan extraña era aquella pregunta que, á pesar de la vehemencia de mi pasión, vacilé.

—Esto más diré, añadió Ceneri: es buena y pura: su cuna es tan limpia como la de Vd. Es huérfana, y no tiene más pariente cercano que yo.

—Estoy satisfecho, dije, tendiéndole mi mano, como

4

para sellar el pacto. Déme Vd. á Paulina; nada más quiero saber.

¿Porqué no había de estar yo satisfecho? ¿Qué necesitaba yo saber de su família, sus antecedentes ó su historia? Con tan arrebatada afición deseaba yo llamar mía á aquella hermosa criatura, que creo que aunque Ceneri me hubiera dicho que era impura é indigna entre todas las mujeres, yo le habría replicado: "Venga á mí, y empezará de nuevo la vida como esposa mía." ¡Los hombres hacen cosas tales por amor!

—Mi próxima pregunta va á asombrar á Vd., Mr. Vaughan, dijo el italiano, retirando su mano de la mía. Vd. quiere á Paulina, y yo no creo que ella lo mire á Vd. con desagrado.

Se detuvo: yo esperaba con ansiedad.

—¿Permitirán á Vd. sus asuntos casarse inmediatamente? ¿Puedo á mi vuelta al continente dejar ya por completo la suerte de Paulina en sus manos?

—Hoy mismo me casaría con ella si fuese posible, exclamé.

—No; no necesitamos andar con tanta vehemencia; pero ¿pudiera ser pasado mañana?

Clavé en él mis ojos. Apenas podía creer en lo que oía. ¡Estar unido á Paulina dentro de unas cuantas horas! ¡Algún dolor debía existir en el fondo de aquella felicidad! Ceneri debía ser loco. Mas ¿cómo, aunque fuese de las manos de un loco, podía yo rehusar mi ventura?

—Pero yo no sé si ella me quiere: ¿consentirá ella? tartamudeé.

—Paulina es obediente y hará lo que yo desee. Vd.

puede ganar su cariño después de su matrimonio, en lugar de antes.

—Pero ¿puede hacerse el matrimonio con tan poco tiempo?

—Entiendo que se venden unas licencias especiales. Vd. se asombra de mis indicaciones. Me es forzoso volver á Italia sin pérdida de tiempo. Dejo el caso al juicio de Vd.: ¿puedo, en estas circunstancias, dejar á Paulina aquí sin más que una criada que la cuide? No, Mr. Vaughan: aunque parezca extraño, ó la dejo unida á Vd., ó tengo que llevarla conmigo. Esto último pudiera ser peligroso para Vd., porque aquí sólo mi voluntad tengo que considerar, mientras que fuera de aquí pudiese haber otros á quienes consultar, y acaso yo mismo mudase de propósito.

—Veamos á Paulina, y preguntémosle, dije levantándome impetuosamente.

—Vamos, me dijo con gravedad Ceneri: vamos ahora mismo.

Hasta aquel instante había estado yo sentado con la espalda á la ventana. Al volverme á la luz observé que el italiano me miraba con particular fijeza.

—Me parece recordar á Vd., Mr. Vaughan, aunque no puedo hacer memoria de donde lo he visto.

Díjele que debía haber sido á la salida de San Giovanni mientras estuvo él hablando con Teresa. Recordó el incidente, y pareció satisfecho. En el primer carruaje que nos vino á mano fuímos á la nueva casa de Paulina.

No era muy lejos. Me maravillaba de no haber hallado á Paulina ó á Teresa en mis excursiones. Tal vez ninguna de ellas había salido de su casa, para evitar mi encuentro.

—¿ Querría Vd. esperar un momento en el corredor, me dijo al entrar Ceneri, mientras anuncio su llegada á Paulina ?

Un mes hubiera esperado en el más hondo calabozo por semejante recompensa: me senté, pues, en la bruñida silla de caoba, dudando de estar en plena posesión de mis sentidos.

Apareció entonces Teresa, mirándome con ojos no menos hostiles que antes.

—¿ He cumplido mi palabra ? me dijo en voz baja, en italiano.

—La ha cumplido Vd., no lo olvidaré.

—Vd. me pagará y no tendrá nada que decir de mí; pero oiga bien lo que le digo otra vez : la señorita no está para querer, ni para casarse—¡ Vieja supersticiosa y loca ! ¿ Habían de encerrarse acaso en un monasterio los encantos de Paulina ?

Sonó una campanilla y me dejó Teresa, que reapareció á los pocos momentos, para guiarme á una habitación en el piso inmediato, donde me aguardaban mi hermosa Paulina y su tío. Levantó ella sus ojos negros y soñadores, y los fijó en mí : el mas vanidoso enamorado no hubiera podido lisonjearse de ver reflejada en ellos la luz de su ternura.

Había yo esperado que el Doctor Ceneri nos dejaría á solas para entendernos con la necesaria holgura; mas no fué así. Me tomó de la mano, y con ademán solemne me condujo hasta su sobrina.

—Paulina, tú conoces á este caballero.

Ella inclinó la cabeza.

—Sí, dijo, le conozco.

—Mr. Vaughan, continuó Ceneri, nos hace la honra de pedirte por esposa.

No podía yo permitir que toda mi corte fuese hecha por apoderado, y adelantando un paso y tomando su mano en la mía:

—Paulina, murmuré, la quiero á Vd.: desde el primer momento en que la ví la quise: ¿ quiere Vd. ser mi esposa ?

—Sí, si Vd. lo desea, me respondió suavemente, pero que sin que se alterase siquiera el color de su rostro.

—Vd. no puede quererme todavía; pero me querrá pronto: ¿ verdad que me querrá ?

No respondió á aquella pregunta que con ansiosa voz de súplica le hice; pero ni dió muestras de rechazarme, ni trató de libertar su mano de la mía. Tranquila como siempre y silenciosa estaba oyendo mis férvidas palabras; pero yo ceñí su cuerpo con mi brazo, y la besé en los labios apasionadamente: sólo cuando mis lábios tocaron los suyos ví subir el color á sus mejillas, y sentí que la emoción precipitaba los latidos de su seno.

Se desasió de mi brazo, miró á su tío, que había presenciado impasible aquella escena, como si nada hubiese en ella de extraordinario, y salió á pasos rápidos del cuarto.

—Creo que haría Vd. bien en irse ahora, me dijo Ceneri. Yo lo arreglaré todo con Paulina. Prepárelo Vd. todo para pasado mañana.

—Es demasiado pronto.

—Es; pero ha de ser así. No puedo esperar una

hora más; mejor es que me deje Vd. ahora y vuelva mañana.

Salí de allí en agitación extraordinaria, y sin saber qué haría.

Grande era la tentación de llamar mía á Paulina en un plazo tan corto; pero en cuanto á su amor por mí hasta entonces, no podía yo engañarme. Yo podía, sin embargo, como decía Ceneri, conquistar su cariño después de casarnos. Todavía dudaba: ¡era tan extraña toda aquella prisa! Por vivo que fuese mi deseo de poseer á Paulina, me hubiera sido más grato haberme cerciorado de su amor antes de nuestra boda: ¿no sería mejor que su tío se la llevase á Italia, y seguirla allá y convencerme de que me quería? Sí, esto era lo prudente; pero me asaltaba al punto el recuerdo de la amenaza de Ceneri: si se llevaba á Italia á su sobrina, podría cambiar de intención, y yo, por encima de todo, estaba desesperadamente enamorado de Paulina; de su hermosura sería tal vez, pero yo estaba enamorado locamente. El destino nos ha reunido. Dos veces había huído de mí: esta tercera vez me la ofrecían sin reserva. Yo era bastante supersticioso para temer que si rechazaba ó posponía su posesión, perdería á Paulina para siempre. Nó: suceda lo que quiera, dentro de dos días será mi esposa!

La ví al día siguiente, mas no sola: Ceneri estuvo con nosotros durante toda la visita, en la cual Paulina se mostró afable, y como siempre, corta y lánguida. Yo tenía mucho que hacer, mucho á qué atender. Nunca se preparó una boda en tan corto espacio ni de tan extraña manera como aquella. Á la noche todo estaba ya arreglado, y á las diez de la mañana siguiente Gilberto Vaughan y Paulina March eran ya marido y mujer. Aquellas dos criaturas que, reuniendo sus apresuradas entrevistas, no se habían hablado acaso tres horas en toda su existencia, estaban ya ligados, ligados para la fortuna ó la desdicha, hasta que quisiera separarlos la muerte.

Ceneri se despidió de nosotros apenas terminó la ceremonia, y Teresa, con asombro mío, anunció su intención de acompañarlo. No dejó por eso de recoger de mí la prometida recompensa, que no le escatimé por cierto. El deseo de mi corazón era poseer á Paulina, y con su ayuda lo había realizado.

Solo ya entonces con mi hermosa compañera, emprendimos camino hacia los lagos escoceses, para comenzar allá aquella dulce estación de los primeros amores que hubiera debido enagenar nuestras almas antes de dar el paso decisivo.

CAPÍTULO V

Ni el orgullo y ventura que sentía al ver á Paulina á mi lado en el wagon que nos llevaba al Norte, ni la satisfacción de haber unido á mi vida la de una compañera tan hermosa, ni la vehemencia misma de mi amor por la exquisita criatura que acababa de consagrarse á mí para siempre, pudieron apartar un momento de mi memoria la extraña condición impuesta por Ceneri: "El hombre que se case con Paulina March ha de tomarla como es; no ha de conocer nada de su vida pasada."

Ni un solo instante pensé que semejante acuerdo hubiera de ser tomado á la letra.

No bien hubiese yo logrado hacerme amar de Paulina, ella misma desearía, sin duda, contarme toda su historia; nada tendría yo que preguntarle, sino que ella me lo confiaría naturalmente: ¡una vez que hubiera ella aprendido el secreto de amor, todos los demás secretos cesarían entre nosotros !

Hermosísima parecía mi mujer, reclinada la elegante cabeza sobre el paño oscuro que vestía el interior del wagón. En aquella postura sobresalía la corrección de sus finas facciones. Su rostro estaba como de costumbre,

pálido y tranquilo, y sus ojos bajos: ¡y aquella mujer de
tan perfecta belleza que daba orgullo amarla y cuidar de
ella, era—¡con cuánta dulzura me lo decía yo en voz alta,
como para oírme yo mismo!—era mi esposa!

Sospecho, sin embargo, que nadie nos habría tomado por dos recien casados: no daban señas, por lo menos,
de haberlo notado nuestros compañeros de viaje, ni se to-
caban con el codo, ni cambiaban sonrisas, ni echaban sobre
nosotros miradas de inteligencia. Tan apresurada había
sido la ceremonia que no se pensó en ataviar á Paulina
con las galas usuales en las bodas. Su vestido, aunque
elegante y agraciado, era el mismo con que la había visto otras veces. Ni ella ni yo llevábamos esos nuevos
arreos que á las claras publican que se va en luna de miel:
no atraíamos, por lo tanto, más atención que la que inevi-
tablemente imponía la beldad peregrina de mi esposa.

Estaba el departamento del wagón casi lleno cuando
salimos de Londres; y como la extrañeza de nuestras nuevas relaciones no nos permitía mantener una conversación trivial, por mutuo acuerdo íbamos Paulina y yo callados: unas cuantas palabras cariñosas en italiano fué todo
lo que me decidí á decirle hasta que nos viéramos al fin
solos.

En la primera estación de importancia, en que el tren
se detuvo algún tiempo más que de ordinario, logré, me-
diante un discreto soborno, que nos mudasen á otro departamento de un wagón cercano, protegido de intrusos
por el cartelón mágico: "Ocupado." ¡Solos estábamos
Paulina y yo! Tomándole la mano amorosamente,

—¡Mi mujer al fin! le dije con pasión: ¡mía, mía
solo, para siempre!

Su mano yacía entre las mías como abandonada é insensible. Acerqué mis labios á su mejilla. Ni la hizo estremecer mi beso, ni me lo pagó con otro suyo: lo sufrió nada más.

—¡Paulina! murmuré; ¡dime una vez, "Gilberto, mi marido!"

Repitió mis palabras como un niño que aprende una lección. Desfallecí al oir aquel acento frío. ¡Ruda tarea me esperaba!

Yo no podía culpar á Paulina: ¿por qué había de amarme todavía, á mí, cuyo primer nombre oyó acaso ayer por la primera vez ¡mejor, mucho mejor, la indiferencia que el amor finjido! Sólo era mi esposa porque su tío lo había deseado. Me consolaba al menos la certeza de que no se la había obligado al matrimonio, ni, en lo que yo podía alcanzar, daba muestras de verme con disgusto. No desesperé un instante. Humilde y reverentemente tenía que solicitar su cariño, como todo hombre ha de pedirlo á la que ama. Casado ya con ella, al menos, no estaba en peor posición que cuando vivía en su misma casa, con los ojos relampagueantes de Teresa suspendidos siempre entre sus encantos y mis ojos.

Yo me haría merecedor de su ternura, pero hasta que la suya no recompensase la mía libremente, determiné no importunarla con familiaridades enojosas; y de cuantos por mi condición de esposo suyo me pertenecían, solo un derecho usé, una vez nada más. ¡Un beso, solo un beso, quería de ella!

—¡Oh! ¡me hará tanto bien! pero si quieres esperar á conocerme mejor, yo no me quejaré: espera.

Se inclinó, y me besó en la frente. Rojos y encendidos eran sus labios jóvenes; pero virtieron frío en todas mis venas, pues no había en aquel beso asomo remoto de la pasión que me animaba!

Dejé escapar su mano, y sentado aún junto á ella, me dispuse á hacer cuanto pudiese agradar á la que amaba. Angustiado y sorprendido como me sentía, pude ocultarlo, y procuré con una conversación natural y amena ir averiguando con qué clase de mujer me había casado, y cuáles eran sus aficiones y deseos, su disposición, sus ideas y gustos, tratando en todo de que me mirase como á quien con ardiente voluntad emplearía su vida en hacerla venturosa.

¿En qué instante me asaltó por primera vez la idea, la idea espantosa de que ni la peculiaridad y rareza de nuestra situación bastaban á explicar la quietud y abandono de Paulina, de que no dependía de timidez solamente aquella dificultad que tenía yo en lograr que me hablase, é inducirla á que respondiera á mis preguntas? Me repetí mil veces cuanto podía excusarla. Estaba cansada: estaba sorprendida: sus pensamientos no podían apartarse del paso brusco y súbito con que aquella mañana había sellado su suerte, más brusco para ella que para mí, porque yo sabía al menos que la amaba. Yo también dejé al cabo de hablarle; y el tren rodaba, y horas y leguas pasaron penosas, sin que los tristes novios, sentados uno junto á otro, cambiasen una sola palabra, una sola caricia! ¡Extraña situación! ¡extraño viaje!

Y por valles y montes, desprovistos á mis ojos de toda hermosura, rodaba el tren ligero; por valles y montes, hasta que comenzó el crepúsculo á velar con su sombra el movible paisaje : y yo miraba con ojos inquietos á la apática y seductora criatura sentada á mi lado, pensando con augustia en la existencia que para ella y para mí tal vez se preparaba ; mas no perdí toda esperanza, aunque el golpeo monótono de las ruedas del tren sobre los rieles, llevando el alma en aquella hora oscura á un fantástico sueño, parecía repetir sin cesar aquellas agrias palabras de la vieja Teresa : " Ni para amor ni para matrimonio está Paulina ; ni para amor ni para matrimonio."

Sombría era ya la noche afuera ; y al ver con qué extraña serenidad resplandecía á la luz misteriosa del wagón el puro rostro blanco de mi compañera ; al observar atentamente aquella expresión que no cambiaba nunca, aquella palidez igual y hermosa, comencé á temer que estuviese envuelta en una armadura de hielo que ningún amor podría acaso deshacer. Postrado entonces, y oprimido el espíritu, caí en una especie de sopor, y lo último que de aquella amarga velada pude recordar hasta el instante en que cerré los ojos, fué que, á pesar de mi resolución, tomé aquella mano blanca, descuidada y fina entre las mías, y mientras dormí la tuve en mi mano.

¿ Sueño ? Sí, aquel fué sueño, si lo es lo que no es paz ni descanso ! Nunca, desde la noche en que lo oí, había yo recordado con tanta claridad aquel tremendo gemido de mujer ; nunca habían estado tan cerca mis sueños de la realidad del espanto que aterró aquella noche, años atrás, al pobre ciego ! Gran alivio sentí cuando aquel grito tenaz subió, y siguió subiendo, hasta que al fin vino á parar en el silbido estridente con que anunció la locomotora que estábamos ya cerca de Edimburgo.

Abandoné la mano de mi esposa, y volví á mi sentido. Muy vívido debió ser aquel sueño, porque al despertar de él, el sudor me inundaba la frente.

Como nunca había estado en Edimburgo y deseaba ver algo de la ciudad, tenía hecha intención de pasar en ella dos ó tres días. Sugerí esta idea durante el viaje á mi esposa, quien la aceptó de tan descuidada manera que no parecía sino que tiempo y lugar le eran cosas punto menos que indiferentes. ¡Nada, creía yo ya, nada despertaría su interés!

Fuímos al hotel y cenamos juntos. Los que nos hubieran visto habrían podido creer que á lo sumo seríamos amigos, pues no era nuestro trato más íntimo que el que la cortesía permite á un caballero que se halla incidentalmente en relación con una señora. Paulina me daba gracias por cada una de mis pequeñas atenciones, y de esto no se excedía. El viaje había sido largo y penoso, y parecía fatigada.

—Estás cansada, Paulina, dije: ¿descarías ir á tu cuarto?

—Estoy muy cansada, me respondió casi dolorosamente.

—Hasta mañana entonces. Mañana te sentirás mejor, y saldrémos á ver las cosas famosas de la ciudad.

Se puso en pie, me dió la mano, y me deseó las buenas noches. Y mientras ella se recogía en su aposento, salí yo á vagar por las calles, en que ya el gas esparcía su viva luz, recordando, lleno el corazón de pena, los sucesos de aquel extraño día.

¿Marido y mujer? ¡Amarga burla de las palabras! Porque en todo, fuera de los lazos legales, estábamos Paulina y yo tan apartados como aquel día en que la ví en

Turín por la primera vez. Y, sin embargo, aquella mañana habíamos jurado amarnos y atendernos el uno al otro hasta que la muerte quisiera separarnos. ¿Por qué había obrado yo con tal aturdimiento, y creído á Ceneri bajo su palabra? ¿Por qué no había esperado hasta cerciorarme de que Paulina me quería, ó por lo menos de que no estaba enteramente privada de la facultad de querer? Me helaban el corazón aquella insensibilidad é indiferencia suyas. Había cometido una torpeza irreparable : debía soportar sus consecuencias. Pero todavía esperaba; esperaba, particularmente, en lo que la luz del nuevo día pudiera hacer sentir á aquel adormecido corazón.

Anduve de un lado á otro largo tiempo, reflexionando en mi extraña posición, hasta que al fin volví al hotel y me retiré á mi aposento, que era uno de los que había reservado para nuestro uso, y quedaba al lado del de mi esposa. Alejé de mí, en cuanto me fué posible, mis esperanzas y temores, y fatigado por los acontecimientos del día dormí hasta la mañana siguiente.

No visitamos, nó, los lagos, como había yo imaginado. Dos días me habían bastado para comprender toda la verdad, todo lo que me era dado saber, todo lo más que acaso llegaría yo á saber nunca sobre Paulina. Ya era clara para mí aquella frase extraña que me repetía Teresa : "Ni para querer ni para casarse está Paulina" : clara me era ya la razón porque el Doctor Ceneri había estipulado que el marido de Paulina se contentase con tomarla como era, sin inquirir acerca de su vida pasada : ¡para Paulina, mi esposa, mi amor, no existía el pasado !

Ó, por lo menos, no existía el conocimiento del pasado.

Lentamente primero, íntegra luégo y á pasos veloces vino
á mí la verdad. Ya sabía yo ahora cómo explicarme la
mirada enigmática y extraña de aquellos hermosos ojos;
ya sabía yo ahora la causa de la indiferencia y apatía de
la mujer á quien amaba. Bello como la aurora era su
rostro; perfecto era su cuerpo como una estatua griega;
apacible y suave era su voz; pero aquello que anima y co-
lora todos los encantos, la razón, le faltaba!

¿ Cómo podré yo describirla? Locura es algo enteramente diverso de su estado; imbecilidad, menos aún: no
encuentro palabra propia para pintar aquella rara condición mental. Era solamente que faltaba algo de su inteligencia, tan por entero como puede faltar del cuerpo un
miembro. Memoria, salvo de sucesos comparativamente
cercanos, no parecía tener ninguna. La facultad de racio-
cinar, comparar y deducir le estaba al parecer negada:
dijérase que era incapaz de darse cuenta de la importancia ó trascendencia de lo que sucedía á su alrededor. No
creo que le fuese dable sentir gozo ni pena: nada en
verdad, parecía conmoverla. Ni en personas ni en lugares se fijaba, á menos que se le llamase la atención sobre
ellos. Vivía como por instinto; se levantaba, comía, bebía y acostaba como si no supiera lo que hiciese. Respondía á las preguntas y observaciones que su limitada capa-
cidad le permitía entender; pero cuando se le hacían otras
más complicadas no las percibía, ó fijaba por un momento
sus ojos tímidos y turbados en el rostro del que le hablaba,
dejándole tan curioso y sorprendido como me ví yo mismo la primera vez que observé en ella aquella inquisitiva
y singular mirada.

Y, sin embargo, Paulina no estaba loca. Podía una

persona pasar en su compañía horas enteras, sin que pudiera en justicia decir de ella sino que era reservada y tímida. Cuando hablaba, sus palabras eran las de una mujer enteramente cuerda; aunque por lo común solo se oía su voz cuando las necesidades diarias de la vida lo requerían, ó cuando contestaba alguna pregunta sencilla. Tal vez no erraría yo mucho si comparase su mente á la de un niño; pero ¡ay! era la mente de un niño en el cuerpo de una mujer, y aquella mujer era mi esposa!

Por lo que alcanzaba yo á observar, la vida no le producía placer ni dolor. Si estudiaba la impresión que hacían en ella los agentes físicos, veía que el frío y el calor la conmovían de una manera notable: el sol le daba deseos de salir de casa: el aire frío, de volver á ella. No era de ningún modo infelíz. La veía yo muy contenta de estar sentada á mi lado, ó de andar á pie ó en carruaje conmigo horas enteras sin hablarme. Parecía ser la suya una existencia completamente negativa.

Era afable y dócil: obedecía todas mis indicaciones, accedía á todos mis planes, estaba dispuesta á ir á donde me pluguiese; pero su sumisión y obediencia eran como las de un esclavo á un dueño nuevo. Me parecía que durante toda su vida había estado habituada á obedecer á alguien. Este hábito suyo fué la causa de mi engaño, de que llegara yo casi á creer que me quería Paulina, pues no entendía que, á no ser así, consintiera en nuestro matrimonio. Ahora veía yo que su pronta obediencia á la orden de su tío fué debida á la incapacidad de su mente para oponer resistencia alguna, y entender la verdadera significación del lazo en que para toda su vida se la ataba.

¡Tal era Paulina, mi esposa! mujer por su hermosura

y la gracia de su persona, niña por su mente nublada, interrumpida ó aturdida! ¡ Y yó, su esposo, hombre fuerte y sediento de cariño, no podía obtener de ella, acaso, más que un afecto semejante al que pudiera un niño tener por su padre, ó un perro por su dueño! ¿ Por qué he de avergonzarme de decir que cuando conocí la verdad, la terrible verdad, me eché á llorar amarguísimamente ?

¡ Y yo la amaba aún, después de saberlo todo ! Á haber estado en mi mano, no hubiera deshecho mi matrimonio. Paulina era mi mujer, la única mujer que había hecho jamás vibrar mi amor. Yo cumpliría el sagrado juramento: yo la amaría y cuidaría de ella hasta la muerte. Su vida, al menos, sería tan venturosa como mis cuidados pudiesen hacerla. Pero al mismo tiempo me iba yo jurando que aquel diestro doctor italiano y yo, nos habíamos de ver las caras !

Á él, sentía yo que era necesario que lo viese al punto. De él solo podía yo obtener todos los detalles : yo sabría de él si Paulina había sido siempre como entonces era, si cabía alguna esperanza de que el tiempo y un método lento mejoraran un tanto su condición : yo le haría confesar, además, la razón por que me había ocultado la desgracia de Paulina. ¡ Por Dios, me decía yo á mí mismo, que he de arrancar la verdad al Doctor Ceneri, ó que le costará caro escondérmela! Para mí no había paz hasta no ver á Ceneri.

Dije á Paulina que era urgente nuestra inmediata vuelta á Londres. Ni mostró sorpresa, ni opuso objeción : comenzó á hacer al momento sus preparativos, y pronto estuvo lista para acompañarme. Ésta era otra peculiaridad suya que no sabía yo cómo explicarme : en todo acto mecánico, era como las demás personas; en su cuidado personal, en sus preparativos de viaje, no necesitaba la menor ayuda. El más cuerdo no hubiese hecho sino lo que hacía ella: sólo se notaba su deficiencia intelectual en los actos que requerían el ejercicio directo de la mente.

Estaba ya la mañana adelantada cuando llegamos á la estación de Euston: habíamos viajado toda la noche. Sonreí con amargura al verme de nuevo en aquel andén, pensando en el contraste entre mis tristes pensamientos y los de la dichosa mañana en que, pocos días ántes, había dado la mano para subir al tren á la esposa obtenida de una manera tan extraña, augurándome, al seguir tras ella con paso ligero, una vida de perfecta ventura. ¡Cuán bella estaba, sin embargo, mi pobre Paulina, acompañándome sumisa á mi lado por el andén espacioso! ¡De qué extraña manera contrastaban su aire reposado, su distinguido y apacible rostro, su aspecto general de indiferencia, con el animado espectáculo que por todas partes nos rodeaba, al vaciar el tren en la vasta estación su gran carga humana! ¡Oh, si me fuese dado desvanecer las nubes que envolvían su mente, y reconstruirla conforme á mi deseo!

No sabía yo al principio cómo habría de llevar adelante mis pesquisas: después de meditar en varios planes, decidí llevar á Paulina á mis antiguos cuartos en la calle Walpole: conocía yo bien á los dueños de la casa y estaba seguro de que cuidarían de Paulina afectuosamente durante mi ausencia, pues era mi intención, después de reposar unas pocas horas, partir en seguida en busca de Ceneri. Yo había anunciado desde Edimburgo á los bue-

nos dueños de la casa de Walpole mi llegada y la de
Paulina, y escrito además á mi leal Priscila rogándole
que fuera á la casa á esperarnos : bien sabía yo que
por serme agradable no habría atención que Priscila no
tuviese con mi infeliz compañera: así pues, á Walpole
fuímos.

Todo estaba ya pronto para recibirnos : en los ojos de
Priscila, que saciaba en nosotros sus miradas curiosas, ví
que Paulina había cautivado desde el primer momento
sus simpatías. Luego que nos hubimos desayunado lige-
ramente, rogué á Priscila que llevase á su cuarto á mi esposa, para que reposase del viaje de la noche. Paulina se
puso en pie, con su manera dócil y aniñada, y siguió á la
buena vieja.

—Cuando hayas acabado de atender á Paulina, dije á
Priscila, vuelve, que quiero hablarte.

No se hizo esperar por cierto. Le bullían en los labios las preguntas sobre mi inesperado matrimonio; pero
la expresión de mi rostro, que revelaba claramente mi tristeza, detuvo su curiosidad. Se sentó y, conforme á mi
deseo, oyó mi relación sin comentarios.

Me era forzoso confiarme á alguien. Estaba yo seguro de que Priscila guardaría bien mi secreto, por lo que le
dije todo, ó la mayor parte de él. Le expliqué tan bien
como pude el peculiar estado mental de Paulina; le sugerí cuanto en bien suyo me permitía preveer mi corto conocimiento de ella; y rogué á la criada, por el amor que
me tenía, que me mirase con cariño y me guardara bien en
mi ausencia á la esposa á quien amaba. Así me lo prometió sin reserva, y yo, más tranquilo, dormí en el sofá algunas horas.

Por la tarde volví á ver á Paulina. Le pregunté si sabía adonde podía escribir á Ceneri, y movió la cabeza.

—Trata de pensar, hija mía. Apoyó en su frente las puntas de los dedos : ya había yo notado que el tratar de pensar la perturbaba siempre mucho.

—Teresa sabe, le dije para ayudarla.

—Sí, pregúntele.

—Pero ya Teresa no está con nosotros, Paulina. ¿ Puedes decirme donde está ?

Movió otra vez la cabeza, como si nada pudiese hallar en ella.

—Él me dijo que vivía en Génova, añadí : ¿ sabes en qué calle ?

Volvió hacia mí sus grandes ojos curiosos. Suspiré, sabiendo bien, por aquel modo de mirarme, que eran inútiles todas mis preguntas.

Pero de todos modos, á Ceneri yo lo había de encontrar. Iría á Génova : si era médico, como me había dicho, forzosamente lo conocerían en la ciudad ; si en Génova no podía dar con él, iría á Turín. Tomé la mano de mi esposa.

—Voy á estar fuera por unos cuantos días, Paulina : tú estarás aquí hasta que yo vuelva. Todos te tratarán bien ; Priscila te dará todo lo que quieras.

—Sí, Gilberto, me dijo con su voz siempre suave. Yo la había enseñado á que me llamase Gilberto.

Dí algunas instrucciones más á Priscila, y emprendí viaje. Al ponerse en camino el carruaje que me llevaba de casa á la estación, miré hacia la ventana del cuarto en que había dejado á Paulina : ¡ allí estaba mirándome, y se me llenó el alma de alegría, porque me pareció que sus ojos estaban tristes, como los de alguien que ve partir á uno á quien quiere ! Puede haber sido exageración de mi deseo ; pero como hasta entonces nunca había visto yo expresión en ellos, aquella mirada en los ojos de Paulina fué un precioso caudal para mi viaje.

¡Y ahora, á Génova, á verme cara á cara con Ceneri !

CAPÍTULO VI

Á TODO vapor seguí hasta Génova, donde comencé al punto mis pesquisas para hallar á Ceneri, en la esperanza de dar con él sin gran dificultad. Me había dicho que ejercía en Génova su profesión, de manera que en la ciudad debía ser conocido. Pero quiso desorientarme, ó me engañó. Día sobre día anduve del alba á media noche por todas partes buscándolo: en los barrios ricos como en los pobres inquirí: no había un genovés que supiese de semejante hombre. No hubo médico en la ciudad á quien yo no visitase: ninguno de ellos conocía al Doctor Ceneri. Me convencí al fin de que había usado de un nombre ficticio, ó de que no vivía en Génova, pues por oscuro médico que fuese, algún otro médico de la ciudad hubiera, á la fuerza, debido conocerlo. Decidí ir á Turín y tentar allí fortuna.

Era la víspera ya de mi partida. Andaba yo dando vueltas por las calles, lleno el corazón de pena, é intentando persuadirme de que en Turín me cabría mejor suerte, cuando me fijé en un hombre que á paso perezoso bajaba la calle por la acera opuesta. Ni su rostro ni su andar me parecieron nuevos, y crucé la calle para verle mejor. Como llevaba el traje obligado de los viajeros ingleses, pensé que era uno de ellos, y que me había equivocado. Mas no me equivocaba: á pesar de su traje inglés, lo reconocí en cuanto estuve cerca de él. Era aquel fanfarrón con quien Kenyon se había trabado de palabras á la salida de San Giovanni, el que nos había tenido á mal que mirásemos á Paulina con tanta insistencia, el que había desaparecido por una calle vecina del brazo de Ceneri.

No era para perdida semejante ocasión: él, por lo menos, sabría donde podría yo hallar á Ceneri. Fiando en que su memoria de fisonomías no era acaso tan segura como la mía propia, y en que mi presencia no le haría recordar la escena de San Giovanni, me acerqué á él, y, descubriéndome atentamente, le pedí que me favoreciese con algunos instantes de conversación.

Yo le hablaba en inglés. Echó sobre mí una mirada penetrante y rápida, respondió á mi saludo, y, hablándome en mi propia lengua, se puso á mi servicio.

—Estoy tratando de hallar la dirección de un caballero que, según entiendo, vive en Génova: Vd. tal vez pueda ayudarme.

Se echó á reir.

—Le ayudaré si me es posible; pero yo soy inglés lo mismo que Vd., y como conozco aquí á muy poca gente, temo que no le podré servir de mucho.

—La persona á quien deseo vivamente hallar es un Doctor Ceneri.

Todo me dijo al instante que había reconocido el nombre: su movimiento de sorpresa al oirme; la mirada, poco menos que temerosa, que fijó al punto en mí. Pero un segundo le bastó para disimular sus impresiones.

—No recuerdo á nadie de ese nombre. Siento no poder ayudar á Vd.

—Pero, le dije, esta vez en italiano, yo lo he visto á Vd. en compañía del Dr. Ceneri.

—Digo, me replicó en tono petulante, que no conozco á nadie de ese nombre. Para servir á Vd. Se llevó la mano al sombrero y siguió andando.

No había yo de dejarlo ir, por cierto, de aquella manera. Aligeré el paso, y me uní á él.

—Debo rogar á Vd. que me diga donde puedo hallarle. Tengo que hablarle de un asunto de importancia: es inútil que me niegue Vd. que es amigo de él.

Pareció dudar, y se detuvo.

—Es extraña la tenacidad de Vd., señor. ¿Querría Vd. decirme en qué se funda para creer que soy amigo de la persona á quien busca?

—Le he visto á Vd. en la calle de brazo con él.

—¿Puedo saber dónde?

—En Turín, la primavera pasada: á la salida de San Giovanni.

Me miró entonces con mayor atención.

—Sí, ahora recuerdo á Vd. Vd. fué uno de los jóvenes que insultaron allí á una señora, y á quienes juré castigar.

—No hubo allí insulto alguno; pero aunque lo hubiese habido, pudiera ser que ya estuviese reparado.

—¿Que no hubo insulto? Por menos de lo que me dijo allí su amigo de Vd. he matado yo á un hombre.

—Se servirá Vd. recordar que yo nada dije; pero eso importa poco. Deseo ver al Doctor Ceneri sobre asuntos de su sobrina Paulina.

El rostro de aquel hombre se llenó de asombro.

—¿ Qué tiene Vd. que hacer con su sobrina? me preguntó ásperamente.

—Eso lo sabrémos él y yo: dígame Vd. ahora donde puedo hallarlo.

—¿ Cómo se llama Vd.? me preguntó en voz breve.

—Gilberto Vaughan.

—¿ Quién es Vd.?

—Un caballero inglés: nada más.

Meditó durante unos segundos.

—Puedo llevar á Vd. á casa de Ceneri, dijo, pero antes necesito saber para qué lo busca Vd., y porqué ha usado Vd. el nombre de Paulina. La calle no es buen lugar de hablar: vamos á otra parte.

Lo llevé á mi hotel, á un cuarto donde podíamos hablar cómodamente.

—Ahora, Mr. Vaughan, responda Vd. á mi pregunta, para que vea yo en qué puedo ayudarlo. ¿ Qué tiene que hacer Paulina March en este asunto?

—Paulina March es mi esposa.

De un salto se puso en pie. Un terrible juramento en italiano salió de sus labios contraídos. Su rostro estaba pálido de rabia.

—¡ Esposa de Vd.! gritó. Vd. miente: dígame que miente.

Me levanté, tan airado como él, pero más dueño de mí.

—He dicho á Vd., señor, que soy un caballero inglés. Ó me pide Vd. excusa por sus palabras, ó por el cuello le hago á Vd. salir del cuarto.

Pareció batallar con su ira, y sofocarla.

5

—Le pido á Vd. excusa : he hecho mal. ¿ Lo sabe Ceneri ? me preguntó en su tono rápido.

—Ciertamente : él asistió á nuestra boda.

Una vez más pareció dominado enteramente por la ira. "¡ *Traditore !* " le oí decir varias veces con fiereza, como si sólo las maldiciones de su propia lengua le pareciesen bastante vigorosas : "¡ *Ingannatore !* " Y se volvió á mí con el rostro domado y compuesto.

—Si eso es así, no tengo más que hacer que congratular á Vd., Mr. Vaughan. Su fortuna es envidiable. Su esposa es bella, y por supuesto, buena. Vd. hallará en ella una compañera encantadora.

Mucho hubiera yo dado por saber la razón de que la noticia de mi matrimonio levantase en él tal tormenta de cólera ; pero más hubiese dado todavía por poder llevar á cabo mi amenaza de sacarle del cuarto por el cuello. El tono de sus últimas palabras me indicaba que el estado mental de Paulina le era conocido. Á duras penas sujetaba yo mis manos, muy ganosas de ejercitarse sobre aquel atrevido ; pero la idea de que sin su ayuda no podría dar con Ceneri me forzaba á contener mi cólera.

—Gracias, dije tranquilamente : espero que me dé Vd. ahora los informes que necesito.

—No es Vd. un recien-casado muy atento, Mr. Vaughan, me dijo en tono zumbón el atrevido. Su matrimonio ha debido ser reciente, pues me dice Vd. que Ceneri asistió á él. Supongo que serán negocios muy importantes los que han logrado arrancar á Vd. tan pronto del lado de su esposa.

—Son negocios importantes.

—Temo entonces que tenga Vd. que esperar algunos

días.   Ceneri no está en Génova; pero creo que llegará
dentro de una semana.   Lo veré, y le diré que Vd. está
aquí.

—Si Vd. me dice donde puedo hallarlo, yo le iré á ver.
Necesito hablar con él.

—Supongo que eso será como el Doctor elija.   No
puedo hacer más que decirle lo que Vd. desea.

Saludó, y salió.   Comprendí que todavía era dudoso
que pudiera yo ver al extraño doctor: todo dependía de
que él quisiese permitirlo.   Podía volver á Génova y salir
de ella sin que yo lo supiese, á menos que su amigo ó él
no me lo participaran.

Una ansiosa semana pasé en estas esperas, y ya comenzaba á dar por cierto que Ceneri no quería ponerse en mi
camino, cuando una mañana recibí una carta, que conte-
nía estas palabras solamente: "Vd. desea verme: á las
once irá á buscar á Vd. un carruaje.   M. C."

Á las once estaba á la puerta del hotel un carruaje de
alquiler, y el cochero preguntaba por Mr. Vaughan.   Sin
decir una palabra entré en el coche, que me llevó á una
casa pequeña en las afueras.   Me indicaron un aposento,
y allí encontré al Doctor sentado á una mesa cubierta de
periódicos y cartas.   Se puso en pie al verme, y estrechán-
dome la mano, me ofreció asiento.

—¿Me dicen que Vd. ha venido á Génova para verme,
Mr. Vaughan?

—Sí: deseaba hacer á Vd. algunas preguntas respecto
á mi esposa.

—Responderé á todas las que pueda; pero habrá muchas que indudablemente tendré que dejar sin responder.
¿Vd. recuerda la condición que impuse?

—Sí; pero ¿por qué me ocultó Vd. el estado mental de mi esposa?

—Vd. había hablado ya con ella varias veces. Lo mismo estaba ella cuando me la pedía Vd. en matrimonio que cuando la halló Vd. tan seductora. Siento que se hubiese engañado Vd. mismo.

—Pero ¿por qué no me lo dijo Vd. todo? Así no hubiera yo podido quejarme de nadie.

—Tenía muchas razones para callar, Mr. Vaughan. Paulina era para mí una gran responsabilidad: soy pobre, y me ocasionaba grandes gastos. Pero, después de todo, no veo que sea tan grave el caso. Ella es bella, afable y buena, y será para Vd. una esposa amante.

—Lo que Vd. deseaba era verse libre de ella.

—No puedo decir que lo desease. Por razones que no me es dado explicar á Vd., me alegraba de casarla con un inglés en buena posición.

—¿Sin pensar en las torturas del inglés cuando conociese que la mujer á quien amaba era poco más que una niña?

No cuidaba yo de ocultar al Doctor mi indignación; pero Ceneri no parecía fijarse en ella, y conservaba toda su calma.

—Hay otra cosa que tener en cuenta. El caso de Paulina, en mi opinión, está lejos de ser desesperado; y la verdad es que yo siempre he creido muy probable que el matrimonio contribuyese mucho á reponerla. La inteligencia le falta indudablemente en cierto grado; pero creo que poco á poco podrá ser reconstruida, ó que le vuelva tan súbidamente como la perdió.

Conmovieron gratamente mi corazón estas palabras de

esperanza. Grande era la crueldad con que me habían tratado; mero juguete había sido yo de planes egoistas; mas todo estaba dispuesto á llevarlo con placer si había todavía en aquella desgracia alguna esperanza para mí.

—¿Pero Vd. me dará todos los detalles de la condición de mi pobre mujer? ¿Ella no ha estado siempre como está hoy?

—Cierto que nó. Su caso es sumamente extraño. Hace algunos años experimentó una emoción extraordinaria; sufrió de repente una gran pérdida, y despertó del choque con la memoria de todo su pasado borrada por completo de su mente. Una página en blanco era su memoria cuando se levantó después de una enfermedad de algunas semanas. Todo lo había olvidado: lugares y amigos. Podía decirse de su inteligencia, como Vd. dice, que era la inteligencia de un niño. Pero la mente de un niño se desarrolla, y si se la trata con cordura, la suya también se desarrollará.

—¿Pero la causa de su enfermedad? ¿cuál fué la causa?

—Esa es una de las preguntas que no puedo responder.

—Pero yo tengo derecho á saberlo.

—Vd. tiene derecho á preguntar, y yo á negarme á responderle.

—Hábleme de su familia, de sus parientes.

—No creo que tenga más pariente que yo.

Otras preguntas le hice, mas no me contestó cosa que merezca ser citada. Iba á volverme por lo visto á Inglaterra en la misma ignorancia en que salí de ella; pero hubo una pregunta que insistí en ver respondida claramente.

—¿ Qué tiene que hacer con Paulina ese amigo de Vd. ese italiano que habla inglés ?

Ceneri se encogió de hombros y sonrió.

—¡ Macari ! : me es posible por fin contestar alguna pregunta de Vd. sin rodeos. Uno ó dos años antes que la razón de Paulina se alterase, Macari se suponía enamorado de ella : ahora está lleno de ira porque he permitido que se casase con otro. Dice que sólo estaba esperando que Paulina volviese á la razón para hacerse querer de ella.

—¿ Y no hubiera él servido á los propósitos de Vd. lo mismo que parece los he servido yo ?

Ceneri clavó en mí su mirada.

—¿ Lo lamenta Vd., Mr. Vaughan?

—No ; no, si hay la más ligera esperanza de curación. Pero Vd. me ha engañado vergonzosamente, Doctor Ceneri.

Me puse en pie para despedirme. Ceneri entonces me habló en tono más sentido que el que hasta entonces había usado.

—Mr. Vaughan, no me juzgue Vd. con mucha dureza. He obrado mal con Vd., lo confieso. Hay cosas de que Vd. no sabe nada. Yo necesito decir á Vd. más de lo que intentaba decirle. La tentación de colocar á Paulina en una posición de comodidad y riqueza fué irresistible para mí. Yo le soy deudor de una gran suma. La fortuna de Paulina llegaba á cincuenta mil libras. Y yo lo he gastado todo, todo.

—¿ Y se atreve Vd. á decirlo ? dije amargamente.

—Sí, me atrevo á decirlo, dijo, extendiendo el brazo con un ademán noble : lo he gastado todo por la libertad de Italia. La fortuna estaba en mis manos como tutor de Paulina; y yo, que para libertar á Italia hubiera robado á mi propio padre y á mi propio hijo ¿ cómo había de dudar en robarla á ella ? ¡El menor centavo fué consagrado á la gran causa, y bien gastado!

—Pero robar á una huérfana es una acción criminal.

—Llámela Vd. como quiera. Era indispensable obtener dinero: ¿ por qué no había yo de sacrificar sin vacilación mi honor por mi país, lo mismo que hubiera sacrificado por él mi vida?

—Es inútil hablar de esto : el asunto está terminado.

—Sí; pero hago á Vd. esta confesión para que comprenda por qué deseaba yo un hogar para Paulina. Además, Mr. Vaughan,—y aquí bajó la voz de modo que apenas se le oía,—yo estaba ansioso de obtener para ella ese hogar sin demora. Voy á partir para un viaje, del cual ni sé el fin, ni la manera de volver. Dudo mucho que me hubiera decidido á ver á Vd., á no ser por esto: pero lo probable es que no nos volvamos á ver jamás.

—¿ Quiere Vd. decir que está comprometido en alguna conspiración ?

—Quiero decir lo que he dicho; ni más, ni menos. Ahora, adios.

Airado como estaba contra aquel hombre, no pude resistirme á estrechar la mano que me tendía.

—Adios, repitió. Puede ser que escriba á Vd. dentro de uno ó dos años, y le pregunte si mis predicciones respecto á Paulina se han realizado; pero ni se moleste en buscarme, ni intente saber de mí si no le escribo.

Así nos separamos. El mismo carruaje que me trajo, me llevó al hotel. En el camino alcancé á ver al hombre

á quien Ceneri había llamado Macari. Dijo al cochero
que se detuviese, entró en el coche, y se sentó á mi
lado.

—¿ Ha visto Vd. al Doctor, Mr. Vaughan ?

—Vengo de verlo.

—¿ Y ha averiguado Vd. todo lo que deseaba, nó ?

—Ha respondido á muchas de mis preguntas.

—Pero no á todas : ¡ Ceneri no respondería á todas!

Se echó á reir, con su risa cínica y burlona. Yo callaba.

—Si Vd. me hubiese preguntado á mí, continuó, yo
podría haberle dicho más que Ceneri.

—He venido á preguntar al Doctor Ceneri todo lo que
pudiera decirme sobre el estado mental de mi esposa, que
creo conoce Vd. Si Vd. puede decirme algo que me sea
útil, le ruego que hable.

—¿ Le preguntó Vd. cuál fué la causa del trastorno
de Paulina?

—Sí, me dijo que una gran emoción.

—Vd. le preguntó sin duda cuál fué la emoción ;
¿ pero eso no se lo dijo?

—Nó. Supongo que tiene sus razones para callarlo.

—¡ Oh, sí ! excelentes razones, razones de familia !

—¿ Podría Vd. revelarme algo más ?

—No aquí, Mr. Vaughan. El Doctor y yo somos
amigos : lo buscaría Vd. después para castigarlo, y sobre
mí caería la culpa. Supongo que Vd. vuelve á Inglaterra.

—Sí ; en seguida.

—Déme sus señas, y tal vez le escriba ; ó mejor aún,
si me inclino á ser franco, visitaré á Vd. cuando esté de

vuelta en Londres; y presentaré al mismo tiempo mis respetos á Mrs. Vaughan.

Tan deseoso estaba yo de llegar á la verdad de aquel misterio que le dí mi tarjeta. Detuvo el carruaje, y se apeó. Levantó su sombrero, y ví en sus ojos una expresión de maligno triunfo.

—Adios, Mr. Vaughan. Tal vez, después de todo, debe Vd. ser felicitado por haberse casado con una mujer cuyo pasado es imposible descubrir.

Con esta saeta final, una saeta que se clavó en lo más hondo de mí y quedó vibrando, se alejó Macari. Bien hizo en irse, antes de que le hubiera echado mano á la garganta y arrancado por ella la explicación de sus últimas palabras.

Ansioso de volver á ver á mi pobre Paulina, á toda prisa salí para Inglaterra.

CAPÍTULO VII

PARENTESCO SOMBRÍO

Sí, se alegró al verme. De aquel incierto modo suyo me dió la bienvenida. Mi gran temor, el temor de que me hubiese olvidado enteramente en mi corta ausencia, no tenía fundamento. Me conoció y se alegró de verme, ¡pobre Paulina mia! ¡Si me fuese dable volver otra vez al camino de la razón sus errantes sentidos!

Meses y meses pasaron sin que ocurriese nada de importancia. Si, como pensaba Ceneri, Paulina recobraría gradualmente la razón ¡ay! ¡mucho había de tardar en recobrarla! Á veces la creía mejor, y peor á veces, cuando lo cierto era que apenas había en ella cambio alguno. Hora sobre hora pasaba sentada en completa apatía, sin hablar más que cuando se le hablaba, pero dispuesta á ir conmigo á donde quisiese yo llevarla, y hacer cuanto yo le indicase, siempre que le expresara mi deseo en palabras que ella pudiese comprender: ¡triste Paulina!

Los mejores especialistas de Inglaterra la han visto. Todos me dicen lo mismo. Puede curar; pero todos creen que la cura sería mucho más hacedera si se conociesen las circunstancias exactas del suceso que había enagenado su razón. Y éstas, dudaba yo que me fuese dable conocerlas nunca!

Porque Ceneri no da señal de sí ; ni Macari me ha enviado las noticias ofrecidas, que en verdad más temo que deseo, recordando sus últimas palabras. Teresa, que hubiera podido aclarar algo aquella situación, ha desaparecido. Debí haber preguntado al Doctor donde podía hallarla, aunque de seguro se hubiera negado á decírmelo. Así corren los días pesarosos : sólo me es dado procurar, con la ayuda de la buena Priscila, que nada falte al bienestar de la infortunada criatura. Acaso el tiempo y el cuidado devuelvan por fin la luz á su juicio.

Todavía estamos en la calle Walpole. Mi intención había sido comprar una casa y amueblarla ; pero ¿ para qué? Paulina no podía cuidar de ella, alhajarla á su gusto, complacerse en ella. En nuestras antiguas habitaciones nos quedamos, y allí llevo una vida de anacoreta.

No veo á mis amigos, que con razón me censuran porque he abandonado todas mis antiguas relaciones. Algunos que han visto ya á Paulina, atribuyen á celos mi aislamiento ; otros, á otras causas ; pero no me parece que nadie conozca aún la verdad.

Ocasiones hay en que no puedo soportar mi pena, ocasiones en que deseo que Kenyon no me hubiese hecho entrar en aquella iglesia de Turín ; pero otra vez siento que, á despecho de todo, mi amor por mi esposa, infortunado como es, me ha hecho mejor, y hasta más felíz. Horas enteras puedo estar contemplando su amable rostro, aunque sea como pudiera contemplar un cuadro ó una estatua. Hago por imaginármelo resplandeciente de vida é inteligencia, tal como fué sin duda en otro tiempo. Ansío saber qué extraño acontecimiento pudo velar así las claridades de su mente ; y las horas se llevan consigo mis pleglarias porque de su razón se desvanezcan las nubes que me la ocultan, y pueda leer en sus ojos algún día que entiende mi ternura y me la premia.

Un triste consuelo tengo : sea cualquiera el efecto que mi matrimonio haya podido hacer sobre mi vida, no ha empeorado con él la suerte de mi esposa. Estoy seguro de que su existencia es ahora más agradable que cuando vivía sujeta á aquella áspera vieja italiana. Priscila la quiere y me la mima como á un niño; y yo . . . . yo hago por mi parte cuanto sospecho que puede causarle el placer que es ella capaz de sentir. Parece algunas veces, no todas, que aprecia mis esfuerzos; y una ó dos ocasiones ha tomado mi mano y la ha llevado á sus labios, como para demostrar gratitud. Está empezando á quererme como puede querer á un padre un hijo, como una débil y desvalida criatura puede querer al que la acoge y ampara. Pobre recompensa es ésta; pero pobre como és, la tengo en mucho.

Así pasan en nuestro hogar tranquilo los días y los meses, hasta que el invierno sombrío acaba, y enseñan ya sus botones las acacias y las lilas que en los suburbios de Londres adornan el frente de las casas.

Por fortuna mía soy dado á leer. No me parece que tendría color la vida sin este gusto por los libros. No tengo valor para dejar sola á Paulina y procurar distraerme lejos de ella. Empleo muchas horas del día leyendo y estudiando, cerca de mi esposa, sentada en la misma habitación, silenciosa como siempre, á menos que yo no le pregunte algo que la obligue á hablar.

Es para mí un verdadero motivo de pesar el estar forzado, como casi por completo estoy, á no oír los soni-

dos consoladores de la música. Advertí pronto que todo
género de música agitaba á Paulina desagradablemente.
Las notas, que á mí me calman, á ella parecían irritarla y
sacarla de sí; de manera que á menos que Paulina no haya
salido á alguna parte con Priscila, mi piano está siempre
cerrado, y cerca de él sin empleo los libros de música.
Sólo los que la aman pueden entender lo que es verse
privado de ella.

Una mañana en que estaba yo solo vinieron á decirme
que deseaba verme un caballero. No dió su nombre á la
criada; pero le encargó me dijese que venía de Génova.
No podía ser más que Macari. Mi primer impulso fué
hacer decir que no le recibiría. Una y otra vez, desde
nuestra última entrevista, habían vuelto á mi memoria
aquellas palabras suyas que indicaban algo en la vida pasada de Paulina que interesaba á su tío ocultar; pero
cuantas veces había pensado en ellas, decidí que eran solamente la insinuación maliciosa de un pretendiente burlado, que no habiendo podido lograr para sí la mujer á
quien apetecía, deseaba encender las sospechas y envene-
nar la vida de su rival triunfante. No temía yo nada que
pudiese decir en agravio de mi esposa; pero, como me
desagradaba aquel hombre, vacilé antes de decidirme á
recibirlo.

Macari era, sin embargo, para mí el único lazo que
existía entre Paulina y su pasado. Á Ceneri, estaba yo
seguro de que no volvería á verlo jamás; aquel hombre
era, pues, el único de quien me fuese posible todavía saber algo respecto á la vida de mi esposa; el único que
podía acaso estimular con su presencia aquella pobre memoria entorpecida, y sugerir, aunque fuera vagamente, á

su nublado juicio escenas y sucesos en que Paulina debía haber tenido parte. Esto me determinó á recibir á Macari, y á hacer que se encontrasen él y Paulina frente á frente. Si él lo deseaba, le permitiría que le hablase de los días para ella desconocidos, hasta de su mismo amor pasado le permitiría que le hablase; de cuanto pudiera, en fin, ayudarla á recoger los hilos perdidos de su memoria.

Entró Macari en mi aposento, y me saludó con una cordialidad que bien sabía yo no era sincera.

Á despecho de la alegría aparente con que me apretó la mano, sentí que venía decidido á hacerme mal. ¿Qué me importaba á mí lo que él se hubiese prometido al venir á verme? Para un objeto lo necesitaba: ¿qué me importaba, digo, una vez hecho este propósito, el instrumento que me servía para lograrlo, siempre que lo tuviera yo de modo que no se me volviese contra mí en las manos? De esto ya cuidaría yo bien.

Respondí á su saludo con cordialidad poco menos expresiva que la suya propia. Le rogué que se sentase, y pedí vino y tabacos, como cuando se quiere obsequiar á un buen amigo.

—Ya ve Vd. que le he cumplido mi promesa, Mr. Vaughan, dijo sonriendo.

—Estaba seguro de que Vd. la cumpliría. ¿Hace mucho que volvió Vd. á Inglaterra?

—Unos dos días nada más.

—¿Cuánto tiempo piensa Vd. quedarse?

—Hasta que me necesiten afuera. No han salido las cosas como deseábamos. Tengo que esperar aquí á que cese el nublado.

Le miré como si le preguntase con interés lo que quería decirme.

—Yo creía que Vd. sabría mi ocupación, dijo.

—Supongo que es Vd. un conspirador: no uso la palabra en mal sentido; pero es la única que me ocurre.

—Sí, conspirador, regenerador, apóstol de la libertad: como Vd. quiera.

—Pero ya hace años que es libre su país.

—Hay otros países que todavía no son libres: yo trabajo para ellos. Nuestro pobre amigo Ceneri trabajaba para ellos también; pero ya él ha acabado su tarea.

—¿Ha muerto? pregunté sorprendido.

—Para todos nosotros ha muerto. No puedo dar á Vd. detalles. Algunas semanas después de la salida de Vd. de Génova prendieron á Ceneri en San Petersburgo, y lo han tenido en la fortaleza mucho tiempo esperando su sentencia. Ya me dicen que al fin lo han condenado.

—¿Condenado á qué?

—Á lo de siempre. Allá va nuestro pobre amigo camino de Siberia, sentenciado á veinte años de trabajo forzado en las minas.

Aunque no sentía yo muy vivo cariño por Ceneri, me estremecí al oir su desdicha.

—¿Y Vd. se escapó? dije.

—Naturalmente; si nó, no estaría aquí ahora regalándome con su excelente tabaco y gustando de este rico vino.

Me parecía odiosa aquella indiferencia con que hablaba de la desventura de su amigo. Si á mí me causaba espanto la idea de los tormentos que aguardaban á aquel infeliz en las minas de Siberia ¿ que no debía causar á su compañero de conspiración ?

—Ahora, Mr. Vaughan, Vd. me permitirá que le hable de negocios.   Temo que le sorprenda.

—Aguardo lo que Vd. tenga que decirme.

—Antes de todo, necesito preguntar á Vd. lo que Ceneri le ha dicho de mí.

—Me ha dicho el nombre de Vd.

—¿ No le ha dicho nada de mi familia ?   ¿ Por supuesto que no le dijo á Vd. mi verdadero nombre, así como tampoco le dijo el suyo ?   ¿ No le dijo á Vd. que mi nombre era March, y que Paulina y yo somos hermanos ?

Me asombró semejante revelación. Advertido por Ceneri de que aquel hombre había estado enamorado de Paulina, ni por un instante creí lo que me decía; pero me pareció más cauto oir todo su cuento, por lo que le repliqué sencillamente :

—No ; no me lo dijo.

—Entonces, diré á Vd. mi historia brevemente. Á mí me conocen fuera de Inglaterra por varios nombres; pero el mío verdadero es Antonio March. Nuestro padre se casó con la hermana del Dr. Ceneri; pero murió joven, y legó á su mujer toda su fortuna, que era grande. Nuestra madre murió poco después, y dejó á su vez toda su riqueza en manos de Ceneri, como tutor de Paulina y mío. ¿ Vd. sabe en qué vino á parar aquella fortuna, Mr. Vaughan?

—El Doctor Ceneri me lo dijo, contesté, sorprendido á mi pesar de la exactitud con que me hablaba del suceso.

—Sabe Vd., pues, que fué gastada por la libertad de Italia. Nuestro dinero mantuvo en la guerra mucha camisa roja, y armó á mucho buen italiano. Ceneri empleó de ese modo toda nuestra riqueza. Jamás se lo he tenido á mal: cuando supe en qué la había empleado, lo perdoné con toda mi alma.

—No hablemos, pues, más de eso, le dije.

—Nó: no veo yo las cosas de esa manera: vengo á que hablemos de eso. El gobierno de Víctor Manuel está ahora firmemente establecido: Italia es libre, y cada año más rica. Mi idea, Mr. Vaughan, es ésta: yo creo que si se expone el caso ante el rey, algo puede conseguirse: creo que si yo, y Vd. en nombre de su esposa, hiciésemos saber que el uso de nuestra fortuna por Ceneri en trabajos patrióticos nos ha dejado en la pobreza, nos sería devuelta con placer una gran parte de nuestra riqueza, sino toda. Vd. debe tener amigos en Inglaterra que podrían recomendar el caso al rey: yo tengo amigos en Italia: Garibaldi, por ejemplo, declararía la suma puesta en sus manos por el Doctor Ceneri.

Ni aquella historia parecía falsa, ni el plan era enteramente visionario. Ya comenzaba yo á pensar que pudiera ser muy bien Macari hermano de mi esposa, y que Ceneri, con algún propósito suyo, me había ocultado el parentesco.

—Pero yo tengo suficiente dinero, le dije.

—Pero yo no tengo, replicó echándose á reir, con una risa natural y franca. Creo que por el interés de su mujer debía Vd. unirse conmigo en este asunto.

—Necesito algún tiempo para meditarlo.

—¡Oh! por supuesto: yo no tengo prisa. Mientras tanto haré poner en orden mi solicitud y mis documentos. ¿Podría yo ver ahora á mi hermana?

—Debe llegar de un instante á otro. Si Vd. la espera. . . .

—¿Y está mejor, Mr. Vaughan?

Sacudí la cabeza tristemente.

—¡Pobrecilla! Temo entonces que no me reconozca. Hemos estado juntos muy pocas veces desde que éramos niños. Yo soy, por supuesto, de mucha más edad que ella, y desde que tengo diez y ocho años he estado conspirando y peleando. En esta vida se aflojan mucho los lazos domésticos.

Estaba yo aún lejos de confiar en aquel hombre; y todavía quedaban además por explicar las palabras con que se despidió de mí en nuestra última entrevista.

—Mr. Macari . . . dije.

—Perdón. March es mi nombre.

—Bien, Mr. March: debo preguntar á Vd. ahora los detalles del acontecimiento que alteró la razón de mi esposa.

Tomó su rostro una expresión grave.

—No puedo decírselos ahora. Algún día podré.

—Me explicará Vd. por lo menos sus últimas palabras cuando nos despedimos en Génova.

—Pido á Vd. excusa por ellas, porque sé que dije á Vd. entonces algo impensado é inconveniente; pero como lo he olvidado, no podría ahora explicárselo.

Nada dije, inseguro aún de las intenciones de aquel hombre para conmigo. ¿Era aquel verdaderamente hermano de Paulina? ¿Jugaba aquel hombre conmigo una partida osada?

—Lo que sí recuerdo, continuó, es que me puso fuera de mí la noticia del casamiento de Paulina. Jamás debió haberlo permitido Ceneri en el estado de su mente; y además, Mr. Vaughan, yo me había hecho la idea de que se casara con un italiano. Si hubiese vuelto á la razón, todo mi sueño era que su hermosura le conquistase un marido del más alto rango.

Sofoqué mi respuesta al ver entrar en aquel momento á Paulina. Era grande mi ansiedad de ver el efecto que la aparición del que se llamaba su hermano haría sobre ella.

Macari se levantó y salió á su encuentro.

—Paulina, dijo, ¿te acuerdas de mí?

Ella fijó en él sus ojos curiosos y como asombrados, pero movió la cabeza como una persona que duda. Él la tomó de la mano. Observé que pareció apartarse de él instintivamente.

—¡Pobre, pobre criatura! exclamó Macari. Esto es peor de lo que yo esperaba, Mr. Vaughan. Paulina, hace mucho tiempo que no nos vemos; pero tú no puedes haberte olvidado de mí.

Los ojos grandes é inquietos de mi pobre compañera no se desviaban del rostro de Macari; mas no dió señal alguna de reconocerlo.

—Trata, Paulina, trata de recordar quién es.

Se pasó la mano por la frente, y volvió á sacudir la cabeza: "*Non me ricordo*," dijo en voz baja; y como si el esfuerzo mental la hubiese extenuado, se dejó caer sobre una silla, suspirando.

Me llenó de alegría oirla hablar en italiano. Rara vez usaba de esta lengua, á menos que no se viese obligada á ello. El hecho de que la emplease en aquel momento me demostró que, de alguna vaga manera, relacionaba en su mente al visitante con Italia. Aquel fué para mí un rayo de esperanza.

Otra cosa también observé. He dicho ya que era muy raro que Paulina levantase los ojos para mirar.á nadie faz á faz; pero esta vez, durante todo el tiempo que Macari estuvo en el cuarto, Paulina no apartó un solo momento los ojos de él. Macari se había sentado cerca de ella, y después de decirle algunas palabras más, siguió hablando exclusivamente conmigo. Durante todo aquel tiempo pude notar cómo Paulina lo observaba con una mirada ansiosa é inquieta; momentos hubo, en verdad, en que casi me persuadí de que había en sus ojos una expresión de miedo. ¡Oh! ¡miedo, odio, inquietud, hasta amor mismo expresaran sus ojos en buen hora, con tal de que me fuese dado ver en ellos la luz de la razón! Comencé á pensar en que si Paulina había de recobrar el juicio, por medio de mi visitante habría de ser; de modo que cuando se despidió de mí, le urgí, sin disimulo alguno, á que volviese á vernos pronto, el día siguiente si podía. Me lo prometió sin esfuerzo, y por aquel día nos separamos. Solo me era dable esperar que estuviese tan satisfecho del resultado de nuestra entrevista como yo mismo.

Quedó Paulina después de la vista de Macari visiblemente inquieta. Varias veces la sorprendí oprimiéndose la frente con la mano. Parecía como si no pudiese estar tranquila en su asiento. Iba y venía de su silla á la ventana, y miraba á la calle de uno y otro lado. Yo no me fijaba en aquellos movimientos, aunque una ó dos veces la ví volver hacia mí los ojos con una mirada que imploraba y gemía. Creía yo que en su mente confusa estaba batallando por salir afuera algún recuerdo de los tiempos pasados, evocado por la presencia de Macari; y anhelaba que llegase el día siguiente, en que me había ofrecido venir de nuevo. Aquel hombre se prometía sacar algún provecho de mí, de modo que estaba seguro de volver á verle.

Vino el día siguiente, y el otro, y otros muchos días. Estaba visiblemente determinado á captarse mi buena voluntad. Hizo cuanto pudo por serme agradable, y la verdad es que en aquellas circunstancias era un excelente compañero. Sabía, ó aparentaba saber, las interioridades de cuanta tentativa ó acontecimiento importante había habido en la política de Europa en diez años atrás; y sus relaciones abundaban en anécdotas nuevas y en lances singulares. Él había peleado á las órdenes de Garibaldi durante toda la campaña italiana. Él había conocido las prisiones sombrías, y escapado de la muerte varias veces por modos maravillosos. Yo no tenía razón para dudar de la verdad de sus narraciones, aunque el hombre en sí no me inspirase confianza. Por muy afable que hiciera ahora su sonrisa, por muy franca y natural que fuese su manera de reír, yo no podía olvidar la expresión que había visto una vez en aquel rostro, ni sus palabras y ademanes de otras ocasiones.

Cuidé de que Paulina asistiera siempre á nuestras entrevistas. Era el único deseo mío á que la pobre niña hubiese mostrado siquiera la muda tentación de resistir. Jamás hablaba delante de Macari; pero no separaba los ojos de su rostro mientras estaba cerca de él. Parecía como si aquel hombre ejerciera sobre ella una especie de fascinación. Cuando Macari entraba en el aposento, la oía yo suspirar; y respiraba libremente, como aliviada de una

pesadumbre, cuando lo veía salir. Cada día la notaba yo
más inquieta, y como menos venturosa. Me dolía el corazón por causarle aquel pesar; pero tenía decidido seguir por aquel camino á toda costa. La crísis de su vida
estaba cerca.

Una noche, después de comer, estábamos Macari y yo,
como de costumbre, gustando nuestro vino, y Paulina,
como siempre, con los ojos inquietos fijos en Macari, á
tiempo que, á poca distancia de Paulina, reclinada en un
sofá, empezó mi huésped á referir una de sus aventuras
militares. Contaba cómo, viéndose una vez en inminente
peligro, roto y caído al costado su brazo derecho, no bastante fuerte el izquierdo para manejar el rifle con la bayoneta
calada, sacó la bayoneta, y levantándola con la mano izquierda, la dejó caer sobre el corazón de su adversario. Y al
describir el hecho, acompañaba las palabras con los gestos,
y tomando un cuchillo de sobre la mesa, dió con él un
golpe hacia abajo en el vacío como si tuviera frente á sí al
adversario de que hablaba.

Oí á mi espalda un gemido profundo. Me volví, y
ví á Paulina tendida en el sofá, con los ojos cerrados, y
como desmayada. Corrí á ella, la llevé en brazos hasta
su alcoba, y la dejé en su cama. Eran como las nueve
de la noche. Priscila había salido; de modo que volví
de prisa al comedor, y me despedí de Macari rápidamente.

—Espero que no sea cosa de importancia, dijo.

—Oh, no! no más que un desfallecimiento. Los ademanes de Vd. deben haberle dado miedo.

Acudí en seguida á la cabecera de mi esposa, y comencé á aplicarle los remedios usuales; pero no volvía en sí.

Blanca como una estatua yacía allí Paulina, sin que la vida se anunciese en ella más que por su apagado aliento y sus débiles pulsaciones: allí yacía sin movimiento ni sentido, en tanto que yo le frotaba los manos, le humedecía las sienes, y por todos los medios trataba de volverla á la vida. Mi corazón no cesaba un momento de latir desordenadamente. Sentía que había llegado el instante, que la memoria de lo pasado volvía de súbito á ella, y que lo vivo y poderoso del sacudimiento postraba sus fuerzas. Apenas me atrevía á formularme en palabras mi loca esperanza; pero ¡oh, sí! yo esperaba que cuando Paulina volviese á abrir los ojos, brillarían con aquella luz que jamás me había sido dado ver en ellos, la luz de la razón restablecida. ¡Loca, atrevida idea; pero crecía en mí mi enamorada esperanza, tal como á la mañana crece la luz del sol sobre la tierra!

Y por eso no envié á buscar médico; por eso á los pocos instante cesé en mis propios esfuerzos por volverla al sentido; por eso resolví dejarla allí, como ella estaba, allí tendida, bella como una estatua é insensible, hasta que por sí misma recobrase el conocimiento. Oprimí su muñeca con mi mano para no perder una sola de sus pulsaciones. Uní mi mejilla á la suya para oír mejor su respiración. Y así aguardé á que Paulina despertase, á que despertase ¡oh soberano júbilo! con su razón perfecta.

Y así estuvo, allí tendida, por lo menos una hora. Tan largo tiempo estuvo así, que comencé á temer, y á pensar que al fin me sería indispensable llamar á un médico. Cuando estaba ya resuelto á hacerlo, noté que su pulso latía con más vigor y rapidez; su aliento fué más franco y como si viniese de más hondo; se extendió por su faz la expresión de la vida que volvía, y esperé, reprimida la respiración, en solemne impaciencia.

Paulina entonces ¡mi esposa! recobró el sentido: se irguió en su cama y volvió el rostro hacia mí; ¡y ví en sus ojos lo que, por la bondad de Dios, no volveré á ver en ellos jamás!

CAPÍTULO VIII

¡ MISTERIO !

Escribo este capítulo contra toda mi voluntad. Si esta historia pudiera quedar ligada y completa sin él, muy grato me hubiese sido pasar en silencio los sucesos que aquí se recuerdan. Todas mis aventuras, por extrañas que hayan parecido hasta aquí, pueden explicarse naturalmente; pero las que se cuentan en este capítulo, jamás, jamás serán explicadas á mi satisfacción.

Paulina se despertó: y cuando ví sus ojos, me estremecí como si un viento helado hubiese pasado por sobre mi cuerpo. No era locura lo que veía en ellos, ni era la razón. Estaban dilatados hasta los bordes mismos de sus órbitas, como si fueran á salirse de ellas; pero fijos, inmóviles, terribles, aunque yo sabía que no veían absolutamente nada, que aquellos nervios distendidos no llevaban al cerebro impresión alguna: ¡vanas habían sido, pues, todas mis esperanzas de que recobrase la razón al volver de aquel desmayo! ¡claro estaba ante mí que acababa de pasar á un estado de mayor desdicha que aquel de que anhelaba tanto verla libre !

Le hablé; la llamé por su nombre: "¡Paulina!" "¡esposa mía!" "¡Paulina mía!"; pero no se fijaba en mis palabras. Parecía como si no me viese. Con los ojos extrañamente fijos miraba siempre en una misma dirección.

De pronto, se lanzó afuera de la cama, y antes de que pudiera yo interponerme para evitarlo, salió del aposento. Seguí tras ella. Ya iba bajando rápidamente las escaleras, y ví que se dirigía hacia la puerta de la calle. Ya tenía la mano en el pestillo; cuando la alcancé y volví á llamarla por su nombre, suplicándole, mandándole que se volviese. No parecía que mi voz hiciese impresión alguna en sus oídos. En su crítica condición, pues bien entendía yo que lo era, creí mejor no hacer uso de la fuerza, pensando que era más cuerdo dejarla libre para ir por donde le pluguiese, acompañándola por supuesto muy de cerca para librarla de peligro. De la sombrerera del corredor tomé apresuradamente mi sombrero y un amplio abrigo, y con éste último cubrí á Paulina sin interrumpir su marcha, y hallé modo de echarle sobre la cabeza el capuchón. No me opuso resistencia; pero me dejó hacer, sin decirme una sola palabra, para demostrarme que se daba cuenta de mis actos. Y, conmigo á su lado, siguió derechamente calle arriba.

Andaba á paso rápido y uniforme, como quien quiere llegar á un lugar fijo. No volvía la vista á su derecha ni á su izquierda, ni hacia arriba ni abajo. Ni una vez durante todo aquel paseo ví que la moviera: ni una vez siquiera la ví agitar un párpado. Aunque mi brazo iba tocando el suyo, estoy seguro de que no se daba cuenta de mi presencia.

Ya no hice más por impedir su marcha. No iba Paulina vagando como quien ignora á donde va: algo, no sé qué, la guiaba, ó impelía sus pasos con determinado propósito : algo en su desordenado cerebro la movía á llegar á algún lugar con la mayor rapidez posible. Yo temía las consecuencias de oponerme á su designio misterioso. Aunque no fuera aquel más que un caso exagerado de sonambulismo, hubiera sido imprudente contenerla. Mejor era seguirla hasta que terminase aquel acceso.

Así salió Paulina de la calle Walpole, y sin vacilar un solo momento, torció á la derecha y siguió á lo largo del ancho camino por más de media milla, hasta que entrándose de pronto por otra calle traviesa, anduvo como hasta la mitad de ella, y se detuvo delante de una casa, una casa común de tres pisos, semejante á las más de Londres, y muy poco distinta de la mía y de otras mil de la ciudad, salvo que, á la luz del farol de la acera, era fácil ver que parecía mal atendida y abandonada. Los cristales de las ventanas estaban empolvados, y en uno de ellos se leía el anuncio de que la casa, amueblada, estaba de alquiler.

Me maravillaba yo del singular arranque que había llevado á Paulina á aquella casa inhabitada. ¿Habría vivido allí alguien á quien ella hubiese conocido en otro tiempo? Á ser así, esto era tal vez señal de que algún recuerdo reavivado en su memoria la había inducido á dirigir sus pasos inconscientes á un lugar asociado con su antigua vida. En la mayor ansiedad y agitación aguardé á ver qué hacía Paulina.

Siguió derechamente hacia la puerta, y puso en ella la mano, como si esperase que cediera á su impulso. Por la primera vez entonces pareció vacilar y confundirse.

—Paulina, Paulina mía, le dije, volvamos á casa. Ya es de noche, y demasiado tarde para ir hoy ahí. Mañana, si quieres, volverémos.

No me respondía. Allí se estaba delante de aquella puerta, empujándola como para abrirla. La tomé del brazo, y traté con dulzura de hacerme seguir de ella. Me resistió con una fuerza pasiva que yo nunca creí que poseyese. Cualquiera que fuese el intento vagamente concebido en el cerebro de mi pobre esposa, era claro para mí que solo podía satisfacérsele pasando aquella puerta.

Con toda mi voluntad quería yo complacerla. Habiendo adelantado ya tanto, temía retroceder. Sentía que el oponerme á sus deseos en aquella situación pudiera traer resultados fatales. Pero ¿ cómo vencer aquel obstáculo?

Ni un rayo de luz se distinguía en la parte alta de la casa ni en la baja. No había más que echar una ojeada sobre la casa para comprender que nadie la habitaba. El corredor cuyo nombre figuraba en el anuncio tenía su oficina á una milla de distancia, y aun cuando yo me aventurase á dejar sola á Paulina é ir en su busca, á aquella hora de la noche no lo hubiera encontrado de seguro.

Miraba yo contrariado al rededor mío, preguntándome si sería mejor llamar un carruaje y hacer entrar en él á mi pobre Paulina, ó dejar que esperase frente á la puerta hasta que, reconociendo por sí misma la imposibilidad de entrar, se resignase, forzada por el cansancio, á volver á casa por su propia voluntad, cuando me asaltó una idea. Ya otra vez había yo abierto con mi llave de noche una puerta que no era la mía: ¿ no se abriría también acaso con mi llave aquella otra puerta? Yo sabía que es costumbre frecuente, por conveniencia ó por descuido, no cerrar las casas que están en alquiler sino con el pestillo. Era una idea absurda; pero nada perdía yo con probar. Saqué mi llave, que era igual á la que llevaba conmigo en otra ocasión. Sin esperanza alguna de éxito la introduje en el ojo de la cerradura, y cuando sentí que el pestillo cedía y se abría aquella puerta, un estremecimiento de algo parecido al horror sacudió todo mi cuerpo: ¡aquello no podía ser una mera coincidencia!

Apenas vió el paso libre, Paulina, sin una sola palabra, sin el menor gesto de sorpresa, sin nada que demostrase que notaba más que antes mi presencia, se me adelantó y entró primero. La seguí, y cerrando tras de mí, me hallé dentro en absoluta oscuridad. Oí en frente de mí su paso rápido y ligero; la oí subir la escalera; oí que se abría una puerta; y entonces, sólo entonces, tuvo mi ánimo extraviado fuerza suficiente para hacer andar mi cuerpo; hielo derretido parecía mi sangre, se me encogían las carnes, el cabello se me erizaba, y, todavía en la oscuridad, atravesé el corredor y hallé sin trabajo la escalera.

¿Por qué no había de hallarla, aunque aquella fría sombra me envolviese? ¡Conocía yo bien el camino! ¡Ya una vez lo había andado antes en la oscuridad, y muchas veces además, había vuelto á andarlo en sueños! Como una súbita revelación, la verdad toda apareció ante mí. Me apareció al ver que la llave giraba en la cerradura. Yo estaba en aquella misma casa en que había entrado extraviado una noche, hacía tres años. Cruzaba el mismo corredor, subía por la misma escalera, debía estar en el mismo aposento que había sido la escena de aquel tremendo é ignorado crímen. ¡Volvería á ver con la luz de mis ojos el mismo lugar donde ciego y desvalido estuve una noche á punto de ser víctima de mi imprudencia! Pero á Paulina ¿qué la había traido allí?

¡Sí: como yo lo esperaba! ¡como yo lo tenía por seguro! La escalera es aquella misma; el dintel de la puerta está donde debía estar. Dijérase que volvían á suceder los acontecimientos de aquella espantosa noche, hasta en la tiniebla misma iguales. Por un momento me estuve preguntando si los tres años últimos no habían sido el verdadero sueño; si no estaba yo ciego ahora; si era verdad que vivía en el mundo una esposa ligada á mí para toda la existencia. ¡Ea! los sueños á un lado!

¿Dónde estaba Paulina? Vuelto á mi mismo, sentí al punto la necesidad de tener luz. Saqué de mi bolsillo mi caja de fósforos, encendí uno, y á su claridad volví á entrar en el aposento donde una vez antes había entrado con poca esperanza de dejarlo vivo.

Mi primer pensamiento, mi mirada primera, fueron para Paulina. Allí estaba ella, de pie en medio de la habitación, oprimiéndose con ambas manos las sienes. Apenas había cambiado la expresión de su rostro y de sus ojos: era fácil ver que nada aún entendía. Pero sentía yo que algo luchaba dentro de ella por abrirse paso, y temía el momento en que tomara al fin sentido y forma. Temía por ella y por mí mismo: ¿qué espantosas escenas iban á serme reveladas?

El fósforo medio apagado me quemaba ya los dedos: encendí otro, y busqué modo de tener una luz constante; con gran alegría hallé sobre la repisa de la chimenea un candelero con una vela á medio usar; soplé el polvo espeso que cubría la cera derretida al borde del pabilo, y después de un tenaz chisporroteo, la vela quedó al fin encendida.

En la misma actitud estaba Paulina todavía; pero me

pareció que su respiración se aceleraba. Paseaba sus dedos abiertos convulsivamente por sobre sus sienes; mudá-
balos de sitio en incesante movimiento; se echaba hacia
atrás los cabellos copiosos; me parecía como que con
aquellos dedos crispados y movibles luchaba por conjurar
el pensamiento ausente á que volviese á su vacío santua-
rio! Nada podía yo hacer más que esperar, y mirar mientras tanto al rededor de mí.

Estábamos en una habitación de buen tamaño, amueblada con solidez, aunque no á la moda, al estilo común
de las casas de alquiler. El polvo, que cubría allí todo,
decía á las claras que la habitación había estado desocupa-
da por algún tiempo. Podía yo retroceder con la mente,
y recordar aquella misma esquina en que los asesinos me
tuvieron de pie mientras remataban su tarea: podía seña-
lar el lugar mismo en que caí sobre el cuerpo que aún se
estremecía; y á duras penas refrené mis ímpetus de ponerme á buscar por el suelo las huellas del crimen. Pero
aun cuando la alfombra fuese todavía la misma, era de un
rojo oscuro, y guardaba prudentemente su secreto. Á un
extremo del cuarto se veía una puerta corrediza, de detrás
de la cual debieron exhalarse aquellos tristísimos gemidos
de angustia que no había dejado de oir jamás. Corrí
la puerta, y manteniendo en alto la vela, miré adentro.
Aquella habitación era muy parecida á la otra; pero,
como yo de antemano esperaba, había en ella un piano, el
mismo piano tal vez cuyas notas se habían extinguido en
aquel grito de horror.

¿Qué fué lo que se apoderó de mí? ¿Qué impulso
guió mis actos? ¡No lo sabré acaso jamás! Puse la luz
á un lado, entré en el cuarto, abrí el piano, y toqué unas

cuantas notas. Los trágicos recuerdos de aquella escena
fueron sin duda los que, sin pensar en ello ni darme
cuenta de donde me venían, reunieron bajo mi mano las
notas con que empezaba el admirable trozo que había yo
oído con ánimo suspenso de afuera de la puerta, maravillado de la dulzura y plenitud de la sentida voz que lo en-
tonaba. Al mismo tiempo que tocaba aquellas notas miré
por la puerta abierta á la impasible figura de Paulina.

Pareció que un temblor nervioso sacudía todo su cuerpo. Se volvió y vino hacia mí, con una expresión tal en
su rostro que me hizo apartarme del piano, asombrado y
medroso de lo que iba á suceder.

El abrigo con que la cubrí al salir se había caído de
sus hombros. Se sentó en la banqueta del piano, y pul-
sando las teclas con manos magistrales, tocó con admirable corrección y brío el preludio del canto de que acababa
yo de recordar algunas notas sueltas.

Extraordinario era mi asombro. Nunca hasta entonces había mostrado Paulina el menor gusto por la música;
antes, como he dicho, parecía la música irritarla que serle
agradable : ¡y ahora estaba arrancando á las teclas sonidos
que era absurdo esperar de aquel instrumento abandonado
y fuera de tono !

Pero á los pocos compases cesó mi aturdimiento.
Tan bien como si se me hubiese prevenido sabía yo lo que
iba á suceder, en parte al menos. Ya me había preparado, cuando llegase el instante en que la voz acompañaba
al piano, á oír cantar á Paulina con aquella misma perfección con que tocaba, en aquel mismo tono deprimido
con que cantaba en aquella fatal noche. Tan completamente preparado estaba yo que, con el aliento suspendi-

do, aguardé á que llegase el canto á la nota en que cesó la noche primera que me detuve á oirlo; tan completamente preparado, que, cuando con arranque indescriptible y súbito se irguió sobre sus piés Paulina, y exhaló otra vez aquel grito terrible, mis brazos estaban ya aguardando su cuerpo, y la llevé á un sofá cercano.

Para ella, como para mí, todos los acontecimientos de aquella tremenda noche estaban siendo allí reproducidos. El pasado perdido había vuelto á Paulina; había vuelto en el momento mismo en que se ausentó de ella.

Qué efectos pudiera producir la reacción, y qué bien ó mal me vendrían de ella, no tenía yo tiempo entonces para ponerme á meditarlo: Paulina necesitaba todos mis cuidados. Tremenda faena fué aquella noche la mía: tenía que sujetarla á viva fuerza, que procurar por cuantos modos me eran posibles apaciguarla y sofocar sus gritos, tan altos ya que temí que los vecinos se alarmaran. Ella batallaba conmigo, y mientras luchaba por repelerme y volverse á poner en pie, tan claro como si leyese en sus pensamientos sabía yo que cuanto aquella noche hubiese sucedido lo tenía otra vez Paulina en aquellos momentos delante de los ojos. Otra vez volvía á tenerla sujeta una mano vigorosa, y sobre el mismo sofá acaso; otra vez se debilitaban sus fuerzas gradualmente, y fueron siendo más ahogados sus gritos. Sólo faltaba, para que el cuadro, en cuanto á ella, volviese á ser completo, que los gritos ya débiles se convirtiesen en aquel lúgubre gemido: ¡la única diferencia era que las manos puestas hoy sobre ella eran manos amorosas!

Espero que se crea todo lo que hasta aquí llevo escrito y todo lo que hasta la terminación de este capítulo he de narrar. No digo yo que tales sucesos y coincidencias ocurran todos los días. Si todos los días ocurriesen, no hubiera yo tenido que escribir esta historia. Pero sí digo esto: tódo, excepto una sola cosa, puedo probar que es cierto, por evidencia directa ó circunstancial; tódo puede ser explicado sencilla ó científicamente; pero por la verdad de lo que aquí sigue, solo puedo dar en prenda mi propia palabra. Llámesele como se quiera: sueño, alucinación, imaginación calenturienta; llámesele todo, menos invención, que sólo con esto me sentiría yo mortificado. Invención no fué. He aquí lo que sucedió.

Paulina al fin se aquietó. Ya al gemido lúgubre había sucedido el silencio. Una vez más pareció haber perdido todo conocimiento. Mi única idea entonces era sacarla cuan pronto pudiese de aquel lugar fatídico. Los planes y pensamientos más extraños corrían por mi cerebro desordenadamente. No había esperanza ó miedo que allí no me acudiera. ¿Cuál sería la explicación de aquel suceso, si era que al fin podría obtenerla?

Quieta y en paz estaba mi pobre compañera. Pensé que haría bien en dejarla reposar algunos momentos antes de emprender la vuelta. Meditaba yo con miedo en las consecuencias que pudiera traer el despertarla; tomé su mano y la retuve en la mía.

En la repisa de la chimenea detrás de mí estaba la vela. Poca ó ninguna luz alcanzaba de ella al aposento del frente, cuya puerta corrediza estaba solo en parte abierta, y cerrada la hoja que daba á los piés del sofá en que yacía Paulina. Era, por lo tanto, imposible para mí ver desde mi asiento el cuarto del frente. Más: estaba sentado de manera que quedaba de espaldas á él.

Tenía ya hacía algunos segundos la mano de Paulina en la mía, cuando una singular é indefinible sensación se fué apoderando de mi cuerpo, aquella sensación misma que se experimenta algunas veces en un sueño en que aparecen dos personas, sin que pueda el que sueña estar seguro de cuál de las dos es aquella en que él mismo habla y obra. Me pareció por algunos instantes que tenía yo una doble existencia. Aunque enteramente seguro de que ocupaba aún el mismo sitio, de que tenía aún en la mía la mano de Paulina, me veía también sentado en el piano, y mirando en cierto modo hacia el cuarto contiguo; ¡ y aquel cuarto estaba lleno de luz !

De una luz tan brillante que una sola mirada me bastó para abarcar todo lo que en el aposento había, todo : cada uno de los muebles, los cuadros que adornaban las paredes, las cortinas oscuras que cubrían la ventana del extremo opuesto de la habitación, el espejo sobre la chimenea, la mesa en el centro, sobre la que ardía una gran lámpara. Podía ver todo esto—y más ! porque al rededor de la mesa había agrupados cuatro hombres, y los rostros de dos de ellos me eran bien conocidos !

Aquel que estaba frente á mí, apoyado en la mesa en que tenía puestas las manos, en cuyas facciones parecía pintarse la alarma y la sorpresa, cuyos ojos estaban fijos en un objeto á pocos piés de él, aquel era Ceneri, el doctor italiano, el tutor y tío de Paulina.

Aquel otro que estaba cerca de la mesa, á la derecha de Ceneri, en la actitud de quien se prepara á resistir un ataque que espera, cuyo rostro amenazador enciende la ira, cuyos ojos negros arden, aquel otro es el italiano que habla inglés, Macari, ó como él se llama ahora, Antonio

March, el hermano de Paulina. También él mira al mismo objeto que Ceneri.

Aquel hombre allá al fondo, bajo y rollizo, con una cicatriz en la mejilla, aquel me es desconocido. Está mirando por sobre el hombro de Ceneri en la misma dirección que los otros dos.

Y el objeto á que todos miran es un hombre joven, que parece estarse cayendo de la silla, y con su mano sujeta convulsivamente el mango de un puñal, cuya hoja tiene enterrada en el corazón, enterrada, yo lo sé, de un golpe dado de alto á bajo por uno que estaba en pie junto á él.

Todo esto lo ví en un segundo: la actitud de cada uno, todo lo que los rodeaba, fué recogido en un instante por mis ojos, como de una sola mirada se abarcan los detalles de un cuadro y su propósito. Dejé caer la mano de Paulina, y me puse en pie de un salto.

¿Dónde estaba el aposento iluminado? ¿Dónde estaban los hombres que había visto? ¿Dónde aquella trágica escena que acababa de tener delante de mis ojos? ¡En aire se había todo convertido, aposento, hombres, escena! La vela ardía penosamente detrás de mí. El cuarto del frente estaba á oscuras. ¡Paulina y yo éramos las únicas criaturas vivas en aquel lugar!

Fué un sueño, por supuesto: tal vez, en tales circunstancias, no era un sueño enteramente extravagante. Sabiendo lo que ya yo sabía del crimen de que aquellos aposentos habían sido teatro, seguro de que en alguna manera Paulina había estado presente cuando se le cometió, excitado por cuanto había sucedido aquella noche—el extraño paseo de Paulina, su abrupta determinación de entonar al

piano el canto mismo que aquella noche oí, aquel canto
que tuvo el fin terrible—¿quién ha de maravillarse de
que imaginara yo una escena como ésta, y agrupando
las únicas personas que sabía estaban de algún modo
relacionadas con mi esposa, me las reprodujera en la
exaltada fantasía con todos los colores y propiedades de
la vida?

Pero, aún dando por cierto que se pueda tener el mismo sueño dos veces, tres veces tal vez, no hay memoria
de que se repita un sueño á voluntad cuantas ocasiones se
lo desee. ¡Y esto era lo que me estaba sucediendo!
Otra vez tomé en la mía la mano de Paulina, y otra vez,
á los pocos momentos de espera, se apoderó de mí aquella
peculiar sensación, y volví á ver la misma horrible escena.
Nó una vez, ni dos veces, sino muchas, y siempre del
mismo modo, me sucedió esto, hasta que, á pesar de mi
frío escepticismo, que en esta clase de sucesos aún conservo, solo me era posible creer que por algún recurso misterioso estaba yo asistiendo actualmente al espectáculo mismo que hirió los ojos de la pobre criatura, en el momento
misericordioso en que la memoria voló de ella, y quedó
su razón oscurecida.

Yo no veía el espantable cuadro sino cuando estrechaba en la mía la mano de Paulina. Este hecho comproba-
ba mi opinión. Sentí entonces, siento ahora, que mi
teoría era verdadera. Decir cuál fuese la peculiar orga-
nización mental ó física que pudiera producir semejante
efecto, me sería imposible. Llámesele clarovidencia,
catalepsia, como se quiera llámesele: pero fué como lo
digo! Una vez y otra tomé en la mía la mano de Paulina, y mientras nuestras manos estaban en contacto, en

todos sus detalles veían mis ojos aquella escena en el aposento iluminado.

Como las inmóviles figuras de un cuadro plástico, una y otra vez, sin que cambiasen de actitud ni de expresión, ví á Ceneri, á Macari, y al hombre que del fondo del aposento miraba á la víctima. Estudiaba yo tenazmente el rostro de ésta; aún en las ansias supremas de la agonía, aquel hombre era extraordinariamente hermoso. Debió haber sido aquel un rostro mirado muchas veces con amor por las mujeres, y aún en la hora misma de aquella visión lúgubre, pensé con amargura en la clase de relaciones que hubieran podido unirlo á la mujer del canto bello que perdió la memoria al verlo herido!

¿Quién lo había herido? Fué sin duda Macari, quien, como dije, estaba en pie más cerca de él, en la actitud del que espera un ataque. Su mano podía haber abandonado en aquel mismo momento el mango del puñal. Con tan fiero impulso había entrado la hoja en el corazón que la muerte y el golpe fueron simultáneos. Eso fué lo que Paulina vió, lo que tal vez estaba viendo en aquel momento mismo, lo que por algún poder extraño me hacía ver á mí como cuando se enseña una pintura!

Siempre desde aquella noche me he asombrado de cómo tuve la presencia de espíritu necesaria para permanecer allí sentado, evocando una vez sobre otra, con la ayuda de aquella pobre mujer insensible, la escena tremenda. Debió sin duda sostenerme el ardentísimo deseo de sondear por fin los misterios de aquella otra noche remota, de conocer con la mayor exactitud los detalles todos del acontecimiento que había nublado el juicio de mi esposa: el deseo ardiente, la indignación que sentí ante aquel cobarde asesinato, y la esperanza de hacer caer sobre los malvados el castigo de la justicia, me dieron fuerzas para evocar tan repetidas veces con mi voluntad el cuadro odioso, hasta satisfacerme de que sabía cuanto la muda revelación podía enseñarme, hasta que el corazón me reprendía por haber dejado á la pobre Paulina tanto tiempo en aquel estado de inconsciencia.

La cubrí cuidadosamente con su abrigo, y alzándola en mis brazos, bajé con ella la escalera y crucé la puerta de la calle. No era muy tarde todavía: una buena persona que pasaba me ayudó á llamar un carruaje, y al poco tiempo entrábamos en casa, y dejaba yo á Paulina sobre su cama, aún insensible.

Cualquiera que hubiese sido el singular poder que permitió á Paulina comunicarme sus propios pensamientos, cesó tan pronto como salimos de aquella casa fatal. En vano, entonces y después, estrechaba yo su mano en la mía: ya no volvían á mí la aparición, la alucinación, el sueño!

Y ésta es aquella única cosa que no podía yo explicar, el misterio aquel á que aludí cuando empecé á narrar mi historia. He contado lo que sucedió: si mi palabra no basta para inspirar confianza, tengo que resignarme en este punto á no ser creído.

CAPÍTULO IX

VIL MENTIRA

Dejé á mi infeliz mujer en las manos maternales de Priscila, y traje conmigo al mejor médico que me vino á la memoria, quien comenzó al instante á procurar volverla al sentido. Mucho tiempo pasó antes de que diera señal alguna de recobrar el conocimiento, pero despertó al fin. ¿ Debo acaso decir que fué aquel para mí un instante supremo ?

No necesito contar los pormenores de aquella vuelta á la vida. No fué, después de todo, sino un restablecimiento incompleto, que me inspiró nuevos temores. Cuando asomó la mañana hallé á Paulina divagando con lo que en mi congoja rogaba al cielo no fuese más que el delirio de la fiebre.

El médico me dijo que su estado era sumamente grave. Había esperanza de que viviese ; pero no certidumbre. En aquellos largos días de ansiedad incomparable, vine á saber de veras cuán profundo era mi cariño á Paulina. ¡ No volviera en buen hora al juicio, si así al menos podían devolvérmela viva !

Saetas para mi corazón eran las desordenadas palabras de su fiebre. Llamaba á alguien, unas veces en inglés, otras en dulcísimo italiano ; rompía en exclamaciones de pesar y amor profundo; se escapaban de sus labios muy tiernas caricias. Y á esto sucedían gritos de dolor, y parecía como si la estremeciesen temblores de espanto.

Para mí, ni una sola palabra; para mí, ni una mirada de reconocimiento. Yo, que hubiese dado cuanto ilumina y cubre el Universo por oirle una vez decir mi nombre en su delirio con amor, yó era á su cabecera un simple extraño.

¿ Por quién, por quién lloraba tan amargamente? ¿ Á quién llamaba con aquellas palabras cariñosas? ¿ Quién era el hombre á quien ella y yo habíamos visto herido? Pronto lo supe ¡ ay de mí !; y si el que me lo dijo no mintió, el golpe ha sido tal que de él no me recobraré yo nunca!

De Macari fué el golpe. Vino á verme el día después de que Paulina y yo habíamos ido á aquella casa. No quise verle entonces: aún no tenía mi plan formado: en aquel momento no pensaba más que en el peligro de mi esposa. Pero dos días más tarde, cuando volvió, ordené que lo recibieran.

Me estremecí al cambiar con él un apretón de manos que no osaba aún negarle, aunque en mi mente tenía yo por seguro que aquella mano que estrechaba la mía era una mano de asesino: tal vez era la misma que aquella noche me asió por la garganta. Pero, con lo que yo sabía, dudaba aún que me fuese dable hacer caer sobre él á la justicia.

Á menos que Paulina no curase, la prueba que podía yo aducir no era de peso alguno. Hasta el nombre de la víctima ignoraba: para establecer la acusación era necesario hallar é identificar sus restos: inútil era pensar en el castigo del asesino, cuando ya habían pasado tres años desde el crimen.

Además ¿ no era hermano de Paulina ?

Hermano ó nó, yo le arrancaría la máscara ; yo le haría saber que su crimen no era ya un secreto, que un extraño conocía todos los detalles ; y le diría esto siquiera, en la esperanza de que su existencia futura estuviese agoviada con el miedo de un justo castigo.

El nombre de la calle á que Paulina me llevó me era conocido : me fijé en él al salir de ella aquella misma noche, y entendí al instante la causa de la equivocación del guía ebrio. Á la calle Walpole le dije que me llevase, y recordando sin duda en su inseguro pensamiento á Horacio Walpole, me dejó en la calle Horacio : ¡ de qué detalle nímio depende á veces la suerte de la vida entera !

Macari tenía ya noticia de la enfermedad y el delirio de Paulina. En verdad que el mejor de los hermanos no hubiera mostrado más interés que el que él mostró por ella. Mis respuestas fueron breves y frías. Hermano ó nó, de él había sido la culpa de todo.

De pronto cambió de conversación.

—Me apena mucho tener que molestarle ahora con asuntos míos ; pero quisiera saber si Vd. desea por fin unirse á mí en la petición á Victor Manuel de que le hablé.

—No : antes necesito que me sean explicadas varias cosas.

Se inclinó cortésmente ; pero ví que sus labios se contrajeron.

—Estoy á sus órdenes, me dijo.

—Ante todo, debo cerciorarme de que es Vd. hermano de mi esposa.

Alzó sus espesas cejas y trató de sonreir.

—No hay cosa mas fácil. Si Ceneri hubiera estado
con nosotros, él lo atestiguaría.

—Pero lo que él me dijo fué muy distinto de lo que
me dice Vd.

—¡Oh! él tenía sus razones. No importa; yo puedo
presentar de eso multitud de testigos.

—Además, añadí, mirándole cara á cara y dejando
caer mis palabras lentamente, necesito saber por qué asesi-
nó Vd. á un hombre hace tres años en una casa de la calle
Horacio.

Fuese cualquiera la impresión del hombre, rabia ó miedo, lo que en su rostro se leyó fué un absoluto asombro.
No, bien lo sabía yo, la sorpresa de la inocencia, sino de
que su crimen fuera conocido. Tuvo por un momento
desencajada la mejilla, y me miraba, caída la boca, en atónito silencio; mas pronto recobró su dominio.

—¿Está Vd. loco, Mr. Vaughan? exclamó.

—El día 20 de Agosto de 186-, en el No. — de la
calle Horacio, dió Vd. una puñalada aquí, en el corazón,
á un joven que estaba sentado junto á la mesa. El Doctor Ceneri estaba en el cuarto en aquel momento, y otro
hombre con una cicatriz en la cara.

No intentó evadir el cargo. De un salto se puso en
pie, convulso de ira. Me asió el brazo. Pensé por un
momento que iba á acometerme; pero pronto ví que solo
quería ver de cerca mi cara. No me opuse á su examen.
No creía posible que me reconociese: ¡tanto cambia la
luz el rostro de los hombres!

Pero me conoció.   Dejó caer mi brazo y golpeó con el pie el suelo.

—¡Imbéciles!   ¡Idiotas!, dijo, encogiendo los labios en ademán de desprecio: ¿por qué no me dejaron hacer bien las cosas?

Á pasos agitados anduvo de un lado á otro por el aposento, hasta que, ya compuestas las facciones, se paró frente á mí.

—Es Vd. un gran actor, Mr. Vaughan, me dijo, con frialdad y cinismo aterradores.   Hasta á mí mismo me engañó Vd, y á mí no se me engaña fácilmente.

—¿Pero ni siquiera niega Vd. el crimen, malvado?

Se encogió de hombros.

—¿Á qué lo he de negar á un testigo de vista?   Á otros bien me cuidaré yo de negarlo.   Además, como Vd. está interesado en el asunto, no hay razón para que yo se lo niegue.

—¡Que estoy yo interesado!

—Ciertamente, puesto que Vd. se ha casado con mi hermana.   Y ahora, mi buen amigo, mi alegre novio, mi querido cuñado, le diré á Vd. por qué maté á aquel hombre, y qué significaban aquellas palabras con que me despedí de Vd. en Génova.

Me espantaba, por lo que iba á suceder, aquel tono de burla fría y amarga.   Apenas podía contener mis manos, que se me iban al cuello de aquel hombre.

—Pues aquel, cuyo nombre callaré á Vd. por obvias razones, era el amante de Paulina.

Ay! pero ni siquiera dijo "amante!": preguntad, preguntad lo que significa *drudo* en italiano, y entonces sabréis lo que me dijo!

—Por la familia de nuestra madre, siguió diciendo el villano, tenemos en las venas sangre noble, sangre que no sufre insulto. Digo que aquel era el amante de Paulina, de la mujer de Vd. Se negó á casarse con ella, y Ceneri y yo lo matamos, lo matamos en Londres, á los mismos ojos de ella. Ya le dije á Vd. otra vez, Mr. Vaughan, que era bueno casarse con mujer que no podía recordar lo pasado.

¿Qué le había yo de contestar? Revelación tan odiosa excusaba comentario. Me levanté y me fuí sobre él. Bien leyó mis intentos en mi cara.

No: aquí no, dijo apresuradamente, apartándose de mí: ¿á qué viene que emprendamos aquí una riña vulgar dos caballeros? No: fuera de Inglaterra, en donde Vd. quiera, búsqueme, y allí le enseñaré cómo le odio.

¡Decía bien el sereno villano! ¿Á qué emprender allí una riña vulgar, en la que apenas podía esperar acabar con él, con Paulina á las puertas, acaso en aquel instante moribunda?

—¡Vete, exclamé, asesino y cobarde! Cada una de las palabras que me has dicho ha sido una vil mentira, y, como me odias tanto, las que me has dicho hoy son las más viles. ¡Vete! sálvate de la horca con la fuga!

Salió del aposento echándome una mirada de maligno triunfo: más puro me pareció el aire del cuarto cuando aquel hombre cesó de respirarlo.

Y me fuí entonces á la alcoba de Paulina, y sentado á su cabecera oí sus labios secos vibrando siempre y siempre con el nombre italiano ó inglés de uno á quien ella amaba!, y les oí suplicar, les oí prevenir; y yo sabía que aquellas cariñosas y desordenadas palabras iban á aquel á quien Macari decía que había dado la muerte porque era el amante de su hermana, de mi esposa!

Mentía aquel villano! Yo sabía que mentía. Una y otra vez me dije á mí mismo que aquella era una infame, traidora calumnia, que Paulina era pura como un ángel. Pero yo sabía también que, mentira como era, hasta que no pudiese yo probar que lo era, me comería como una llaga el corazón : conmigo estaría siempre ; en la mente me crecería sin reposo, hasta que llegase á tenerla por verdad ; ni un instante de paz me dejaría, hasta llevarme á maldecir la hora en que Kenyon me hizo entrar en aquella vieja iglesia para ver "el momento más hermoso."

¿ Cómo probaría yo la calumnia? Sólo había dos personas en el mundo que conociesen la historia de Paulina : Ceneri y Teresa. Teresa había desaparecido ; Ceneri estaba en las minas de Siberia ó en alguna otra tumba animada. Ya empecé á sentir los primeros retoños envenenados de la calumnia de Macari, al revolver en la mente otra vez las misteriosas palabras de la vieja italiana. "Ni para querer ni para casarse está Paulina" : ¿ tendría aquella advertencia algún otro sentido, un sentido deshonroso? Y se me acumulaban agigantadas en la memoria las circunstancias extrañas de nuestro matrimonio, la prisa de Ceneri en casar á su sobrina, su deseo de verse libre de ella. ¡ Acabarían aquellos pensamientos por volverme loco!

No pude estar sentado por más tiempo al lado de Paulina. Salí al aire libre, y anduve de un lado á otro sin objeto, hasta que hubo en mí dos ideas fijas : una era, la de consultar al mejor alienista de Londres sobre las esperanzas de cura que pudiera haber para Paulina ; otra, ir á la calle Horacio, y examinar á la luz del día, de los quicios á las chimeneas, toda la casa. Fuí primero á ver al médico.

Todo le dije, todo, salvo la vil mentira de Macari. No veía modo de explicarle el caso sin narrárselo íntegro: pronto ví que había despertado en él vivo interés : ya él había visto á Paulina, y conocía exactamente su estado anterior. Me parece que creyó, como otros muchos cree-rán, todo cuanto le dije, salvo aquella visión inexplicable ; pero aun de ella no se burló, habituado como estaba á las más osadas fantasías y alucinaciones. Era natural que lo atribuyese á esta causa, y á ella lo atribuyó : ¿ qué consue-lo ó esperanza podía darme ?

—Ya he dicho á Vd., Mr. Vaughan, que no es cosa completamente nueva el perder la memoria de lo pasado por un largo tiempo, y recobrarla luégo en el punto mis-mo en que se la perdió. Yo veré á su esposa ; por lo que Vd. me dice, sufre ahora de un ataque de fiebre cerebral, y no necesita todavía de especialista. Cuando la fiebre haya cesado iré á verla. Espero que salga de la fiebre enteramente curada ; pero su vida comenzará de nuevo en la hora misma en que se trastornó su mente. Vd. mismo, que es su marido, le parecerá tal vez una persona extraña. No : el caso no es enteramente nuevo ; pero las circunstancias lo son.

No bien dejé al médico, fuí á ver al corredor encarga-do de alquilar la casa de la calle Horacio, cuyas llaves me dió, con algunas noticias que de la casa le pedí. Vine así á saber que en la época del asesinato había sido la casa alquilada con muebles por unas cuantas semanas á un ca-ballero italiano cuyo nombre no recordaba el corredor, por haber pagado adelantada la renta, lo que ahorraba

mayores informes.   La casa había estado después vacía por
mucho tiempo, no por ninguna razón especial, sino porque
el dueño se empeñaba en alquilarla en cierta suma, que la
mayor parte de los que la veían consideraban excesiva.

Dí mi nombre y mis señas, y me llevé las llaves. Todo
el resto de aquella tarde lo empleé registrando cuanta
hendija y rincón había en la casa, sin que el menor descubrimiento recompensase mis pesquisas. No había allí, á
mi ver, lugar alguno donde hubiesen podido ocultar el
cuerpo de la víctima : tampoco había jardín en que hubiesen podido enterrarlo. Me volví á casa, á pensar en mi
pena, mientras que la mentira de Macari se abría camino
en mi corazón.

Y día tras día fué en él labrando, mordiendo, royendo,
aguijoneando, hasta que me dijeron por fin que la crisis
había terminado, que Paulina estaba fuera de peligro, que
ya había vuelto á su ser.

¿ Pero á qué ser ?   ¿ El ser que yo había conocido, ó el
que tenía antes de aquella noche ? Con agitado corazón
me acerqué á su cabecera. Débil, extenuada, sin fuerzas
para moverse ni para hablar, abrió los ojos y me miró.
Era una mirada de asombro, de desconocimiento; pero
una mirada en que brillaba la razón ! No me conoció.
Sucedía lo que el médico había previsto. Como á un extraño me vieron sin duda aquellos hermosos ojos que se
abrieron un instante, se fijaron en mí, y como fatigados se
volvieron á cerrar. Las lágrimas corrían por mis mejillas
cuando salí de aquella alcoba, y había en mi corazón extraña mezcla de pena y alegría, de esperanza y de miedo
que, impotentes, renuncian las palabras á expresar.

Y de su escondite en el fondo de mi alma salió afuera

la tremenda mentira de Macari, y como si tuviese una mano de hierro me asió por la garganta, me ciñó el cuerpo, batalló conmigo: "¡Soy verdad!, gritaba: bien puedes echarme á un lado; seré siempre verdad. De villano eran los labios que me dijeron; pero una vez al menos el villano ha dicho la verdad. Pues á no ser por eso ¿á qué el crimen? Los hombres no asesinan por razones ligeras." ¡Así me hablaba desapiadadamente, prendida de toda mi alma, la mentira! ¡Así me invadía, me vencía, me echaba á tierra sofocado y angustiado, con la duda horrible de que pudiera ser cierta, en la hora misma, por mí tan anhelada y pedida al cielo, en que la plenitud de la razón era devuelta á la mujer amada!

—Somos todavía como dos extraños, me dije: ella no me conoce. ¡Ó pruebo yo que esa historia de Macari es una calumnia, ó serémos extraños para siempre!

¿Cómo podía yo probarlo? ¿Cómo podía hablar de esto á Paulina? Aun cuando le hablase ¿cómo podía esperar que me respondiera? Y si me respondía ¿me satisfarían acaso sus explicaciones? ¡Oh, si pudiese yo ver á Ceneri! Villano podría ser, pero yo presentía que no era tan consumado villano como Macari.

Pensando en esto, dí en una resolución desesperada. Suelen los hombres hacer cosas desesperadas y extrañas cuando les va en ellas la vida. Más que la vida me iba á mí: iba el honor, la felicidad, cuanto puede ser caro á dos criaturas!

¡Sí, lo haría! Locura podría parecer; pero yo iría á Siberia: y si el dinero, la perseverancia, el favor ó la astucia podían ponerme al fin cara á cara con Ceneri, de sus labios arrancaría yo la verdad toda!

7

CAPÍTULO X

EN BUSCA DE LA VERDAD

¡ ATRAVESAR toda Europa, atravesar casi toda Asia por obtener una entrevista de una hora con un preso político ruso ! Plan singular; pero yo estaba decidido á llevarlo á cabo: y mientras con más método lo dispusiese, más probabilidades tenía de éxito. No me lanzaría desatentadamente hasta el fin de mi viaje, para hallar en él, por falta de las necesarias precauciones, que la estupidez ó la suspicacia de algún alcaide de poca cuenta me impidiese ver al hombre á quien buscaba: iría provisto de tales credenciales que no hubiera ocasión de duda ni disputa. Dinero, que no es cosa de poca monta, lo llevaba yo en abundancia, y la voluntad de no escasearlo; pero algo más me era preciso, y el procurármelo había de ser mi primera tarea. Holgadamente podía obtener lo que deseaba, pues días habían de pasar antes de que pudiera dejar sola á Paulina: sólo cuando ella estuviese fuera del mas leve peligro podía yo emprender viaje.

Empleé, pues, los lentos días en que mi pobre enferma iba recobrando á pasos muy perezosos las fuerzas, en buscar entre mis amigos en las altas regiones del estado uno cuya posición fuese tal que pudiera, con esperanzas de inmediato éxito, solicitar un favor de otro aún más alto que él. Me sirvió mi amigo con tal eficacia que obtuve una carta de introducción para el embajador inglés en San Petersburgo, y á más, la copia de otra que le había sido enviada con instrucciones en favor mío. Llevaban ambas cartas una firma que me garantizaba la mas amplia ayuda. Con ellas, y con una carta de crédito por una buena suma sobre un banco de San Petersburgo, ya estaba pronto para ponerme en camino.

Antes de mi partida, debía disponer las cosas de manera que no corriesen riesgo la seguridad ni el bienestar de Paulina, lo cual ofrecía tan grandes dificultades que estuve á punto de abandonar, ó posponer al menos, mi viaje. Pero yo sabía que si no llevaba á cabo mi plan como lo había imaginado, la calumnia de Macari se erguiría siempre entre mi esposa y mis brazos. ¡Mejor era irme entonces, cuando todavía éramos como dos extraños! ¡mejor era, si llegaba Ceneri á confirmar con sus palabras ó con su silencio la vergonzosa historia, que no volviésemos á vernos jamás!

Paulina quedaría en buenas manos: la fiel Priscila me la cuidaría amorosamente, Priscila, que ya sabía cómo su nueva enferma había vuelto á la vez á la memoria de lo pasado y al olvido de lo más reciente. Ella sabía por qué días sobre días no había yo entrado siquiera en la alcoba de Paulina; por qué en su actual estado, no la consideraba yo más ligada á mí que cuando por primera vez la ví en la iglesia. Ella sabía que algún misterio impedía aún mis relaciones más intimas con mi esposa, y que para aclararlo iba á emprender mi largo viaje. Con esto se satisfizo Priscila, y no me preguntó más de lo que me pareció bien decirle.

Todo lo dejé dispuesto minuciosamente. Apenas se sintiera Paulina con suficientes fuerzas, Priscila iría con ella á un lugar de la costa. Todo había de hacerse para su bienestar, y conforme á sus deseos. Si indagaba sobre su actual condición, le diría Priscila que un pariente cercano, que andaba viajando, la había dejado encargada á ella hasta su vuelta; pero á menos que no recordara por sí misma los sucesos de los últimos meses, nada se le había de decir sobre su condición de esposa mía. En verdad, hasta dudaba yo de que ella fuese en ley mi esposa, de que, si lo deseaba, no pudiera anular nuestro matrimonio, alegando que lo contrajo cuando no era dueña de su juicio. Al volver yo de mi expedición, si recobraba en ella, como con toda fé creía, la salud de su alma, todo habría de comenzar de nuevo como si entre Paulina y yo nada hubiese aún sucedido. ¡Sería el nacer del alba, y el asomar de los primeros capullos de la primavera!

Yo sabía de seguro que desde la desaparición de la fiebre nada había dicho Paulina del horrendo suceso que nubló su razón tres años antes; y me asaltaba el miedo de que, cuando se sintiese restablecida, intentaba remover aquellos hechos. ¿Qué podía haber logrado? Macari había salido de Inglaterra el día después de la entrevista en que le acusé del crimen. Ceneri estaba fuera de su alcance. Esperaba yo que se lograría tener en calma á Paulina hasta mi vuelta, y aleccioné á Priscila para que, si mi mujer le hablaba de un gran crimen cometido por personas á quienes conocía, le dijese que se estaba buscando á los culpables, y haciendo todo esfuerzo porque les diera su merecido la justicia: confiaba yo en que, con su usual docilidad, se contentase con estos informes.

Priscila me escribiría constantemente, á San Petersburgo, á Moscow, á todos los lugares en que debía yo detenerme, al ir y al volver. Le dejé los sobres ya escritos:
de San Petersburgo le enviaría las fechas en que debía ir
dirigiéndome sucesivamente sus cartas. Esto era todo lo
que podía yo preveer.

Todo, excepto una cosa. Mañana por la mañana debo
partir; ya mi pasaporte está firmado, mis baules cerrados,
todo pronto. Pero un instante, un instante al menos, necesito verla antes de recogerme esta noche á mi triste
sueño—¡verla acaso por la última vez! Estaba dormida
profundamente: me lo dijo Priscila. ¡Una vez más debía yo ver aún aquel hermoso rostro, para llevar conmigo su perfecta imagen en aquella jornada de miles de
millas!

Y entré en su alcoba. De pie á la cabecera de su cama, contemplaba yo con los ojos llenos de lágrimas á la
que era mi esposa, y no lo era. Me juzgaba como un criminal, como un profanador; tan poco derecho creía tener
á penetrar en aquella alcoba. En la almohada descansaba su puro rostro pálido, el rostro para mí más bello de
cuantos la tierra había criado. Su aliento regular y tranquilo agitaba su seno suavemente. Bella y blanca lucía,
como una criatura de los cielos; y juré, contemplándola,
que palabra alguna de hombre me haría dudar de su inocencia. Pero iría, sin embargo, á Siberia.

¡Mundos hubiera yo dado por tener el derecho de
poner mis labios en los suyos, de despertarla con un
beso, de ver alzar aquellas luengas y negras pestañas, y
fijarse en mí sus ojos animados de amor! Y no siendo
aún para ella más que lo que era, casi sin mi voluntad

mis labios se fueron inclinando hacia su rostro, y la besé en la sien muy suavemente, allí donde comienza á crecer fino y rico el cabello. Se estremeció en su sueño, palpitaron sus párpados, y, como un malvado á quien sorprenden al empezar á cometer un crimen, huí.

Á centenares de millas estaba yo al día siguiente, mas sereno ya el juicio. Si al alcanzar, si lo alcanzaba al fin, á Ceneri, me cercioraba yo de que Macari no había mentido, de que me habían burlado, engañado, empleado como un instrumento, tendría al menos la triste satisfacción de la venganza. Saciaría mis ojos en la desdicha del hombre que me había engañado, y usado para sus propios fines. Le vería arrastrando su vida miserable en la degradación y en las cadenas. Le vería esclavo, azotado y maltratado. No tuviera yo más recompensa que ésta, y daría por bien hecho mi viaje. Rudos, como se ve, eran mis pensamientos; pero si se recuerdan mis ansias y espantos, y el doloroso miedo con que emprendía mi camino, ¿quién extrañará esta ira de la mente en una humilde criatura humana?

¡En San Petersburgo por fin! La carta que traigo, y la que me había precedido, me abren las puertas del embajador inglés. No se mofa de mi súplica, sino que la oye atentamente. Se me dice que nunca ha habido caso igual; pero no oigo la palabra "¡imposible!" Hay dificultades, grandes difficultades; pero como mi asunto es puramente doméstico, sin ápice de política en él, y como van mis cartas realzadas por la mágica firma de aquel á quien el noble embajador anhela complacer, no se me dice que sean insuperables los obstáculos. Tendré que esperar días, semanas tal vez; pero puedo estar cierto de que cuanto se pueda hacer, se hará. Dicen los diarios que no están ahora en muy cabal amistad los dos gobiernos; y esto se suele conocer en que el de Rusia niega demandas mucho más sencillas que la mía. Pero se verá, se verá. . . . . Mientras tanto: ¿quién es el preso, y dónde está?

¡Ah! eso no lo puedo decir. Sólo lo conozco por el Doctor Ceneri, italiano, apóstol de la libertad, conspirador, patriota. Torpeza hubiera sido en mí suponer que había sido procesado y condenado bajo aquel mismo nombre, que yo creía ficticio.

El embajador estaba seguro de que en los últimos meses no se había sentenciado á ningún Doctor Ceneri. Pero eso importaba poco. Una vez otorgado el permiso, la policía rusa identificaría al preso con los datos que yo tenía de él. Buenos días, pues: muy pronto recibiría yo noticias de la embajada.

—Una advertencia, Mr. Vaughan, me dijo el embajador. No está Vd. en Inglaterra: recuerde que una palabra imprudente, una simple mirada, la más sencilla observación al caballero que se sienta á su lado en la mesa pueden frustrar sus planes. Acá se gobierna de otro modo.

Agradecí el consejo, aunque en verdad no me era necesario: más pecará un inglés por silencioso que por comunicativo. Me volví á mi hotel; procuré distraer el tiempo en los primeros días de espera como mejor me fué dable. No carecía, por cierto, San Petersburgo de entretenimientos: precisamente era ciudad que había yo deseado siempre ver: todo en ella me era nuevo y extraño, y sus costumbres son dignas de estudio, mas nada podía sacarme de mis pensamientos. Todo lo que yo apetecía era salir en busca de Ceneri.

El que insiste, enoja. Sabía yo que el embajador haría cuanto le fuese posible en mi servicio, y esperé pacientemente, hasta que una esquela suya me llamó á la Embajada. Me recibió con bondad.

—Todo está arreglado, me dijo. Irá Vd. á Siberia provisto de una autoridad que el alcaide ó militar más ignorante obedecerán sin réplica. Por supuesto, he asegurado bajo mi propia palabra que de ningún modo ayudará Vd. á la evasión del preso, y que su misión es enteramente privada.

Le dí gracias, y le pedí instrucciones.

—Ante todo, debo llevar á Vd. á palacio. El Czar desea conocer al inglés excéntrico que acomete tan largo viaje para hacer unas cuantas preguntas.

De muy buena voluntad habría renunciado yo á tal distinción; pero, como no veía modo de rehuirla, me dispuse á afrontar al autócrata como mejor pudiese. Á la puerta aguardaba el carruaje del embajador, y á los pocos minutos estábamos en el imperial palacio.

Conservo vagas memorias de gigantescos centinelas, oficiales resplandecientes, ugieres graves, gente seca y sombría; de hermosas escaleras y anchos pasos; de pinturas, de estátuas, de doraduras, de tapices. Siguiendo á mi guía, entré en un vasto aposento, en uno de cuyos extremos estaba en pie un hombre alto y de noble apostura en arreos militares; y entendí que me veía en la presencía de aquel que con un movimiento de cabeza podía mover á su capricho millones de criaturas, del Emperador de todas las Rusias, el Czar Blanco, Alejandro II, cuyo dominio abarca á una la civilización más refinada de los europeos y la barbarie mas baja del Asia.

Dos años hace, cuando llegó de súbito á Inglaterra la nueva de su cruenta muerte, lo recordé como lo ví aquel día, en el calor de la existencia, alto, imperante y benévolo, viril figura que era grato ver. Si, como dicen los que saben de fragilidades de reinas, corría en sus venas sangre de plebeyo, de la bota á la frente parecía aquel un rey de hombres, un espléndido déspota.

Conmigo fué especialmente afable y llano, y me recibió de modo que pude sentirme tan holgado como era dable en tan poderosa compañía. Por mi nombre me presentó á él el embajador, y, después de una adecuada reverencia, quedé aguardando sus palabras.

Dejó caer sobre mí su mirada durante un segundo; y empezó á hablarme en francés fluentemente, y sin marcado acento extranjero.

—Me dicen que desea Vd. ir á Siberia.

—Si V. M. se digna permitirlo.

—¿ Á ver á un preso político ?

Afirmé con un movimiento de cabeza.

—Largo viaje para tal objeto.

—Es para mí, señor, asunto de grandísima importancia.

—De importancia privada, dice el señor embajador.

Hablaba en tono breve y seco, que no admitía quiebros ni esquiveces. Me apresuré á protestar de la naturaleza enteramente personal de la entrevista que apetecía.

—¿ Es muy amigo de Vd. el preso ?

—Más es mi enemigo, señor; pero mi felicidad y la de mi esposa dependen de esta entrevista.

Sonrió á esta explicación.

—Quieren bien á sus esposas los ingleses. Sca. El

Ministro proveerá á Vd. de pasaporte y autoridades. Buen viaje.

Me incliné reverentemente, y salí del aposento augusto, anhelando que las divinidades de escritorio no demorasen con trabas de Ministerios la ejecución de la voluntad imperial.

Á los tres días recibí mis documentos. Me autorizaba el pasaporte á viajar hasta el fin de los dominios asiáticos del Czar si me parecía bien, y estaba fraseado de manera que me ahorraba la necesidad de renovarlo á cada nuevo gobierno de distrito. No vine á comprender todo el favor que se me hacía hasta que pude ver luego por mí mismo las dilaciones y enojos de que aquel mágico documento me libraba. Aquellas breves palabras, ininteligibles para mí, obraban como un encanto, cuyo influjo no osaba nadie resistir.

Pero, autorizado ya para viajar ¿ á dónde debía encaminarme para dar con Ceneri? Expliqué mi caso á uno de los gefes de la policía: describí á Ceneri, cité la fecha aproximada en que suponía yo acaecidos su delito y proceso, y rogué que me aconsejara el medio mejor de hallar á Ceneri en el lugar de su destierro.

Fuí tratado con toda cortesía: grande es la cortesía de los empleados rusos con quienes gozan del favor de los poderosos del imperio. Al instante identificaron á Ceneri, y me dijeron su nombre verdadero y su historia secreta. Reconocí el nombre al punto.

No debo darlo al público. Muchos hay en Europa todavía que creen en el desinterés y pureza del mísero preso; muchos que lo lamentan como á un mártir. Tal vez en la causa de la libertad fué siempre noble y bravo.

¿Á qué afligir á sus secuaces con la revelación de los sombríos secretos de su vida? Por lo que á mí hace, sea siempre para ellos el buen Dr. Ceneri.

Toda su historia me dijo el suave empleado ruso. Ceneri había sido preso en San Petersburgo pocas semanas después de nuestra entrevista en Génova. Uno de sus cómplices denunció á la policía la abominable trama: el Czar y varios miembros del Gobierno iban á ser asesinados. Dejó crecer el plan la policía, y cuando la culpa era patente, cayó sobre los conjurados. Apenas escapó uno de los capitanes, y Ceneri, que figuraba entre ellos, fué tratado con escasa merced. No tenía en verdad derecho á más: no era un súbdito ruso, sofocado en su natural derecho de hombre por un gobierno despótico y sombrío: aunque se decía italiano, era cosmopolita. Ceneri era uno de esos inquietos espíritus que anhelan la ruina de todas las formas de gobierno, salvo la de la República. Había conspirado y tramado, y peleado como un valiente, por la libertad de Italia. Sirvió á Garibaldi con filial obediencia, pero se volvió contra él cuando vió que Italia iba á ser una monarquía, y nó la ideal República que acariciaba en sueños. Rusia atrajo después su atención, y vendido allí su plan, podía darse ya por acabada su tarea en la tierra. Después de muchos meses de mortal espera en la fortaleza de San Pedro y San Pablo, fué sentenciado á veinte años de trabajos forzados en Siberia, para donde había salido meses antes. Opinaba el suave empleado ruso que le habían tratado con gran misericordia.

Pero dónde estaba en aquel instante, eso no me lo podían decir de fijo. Podía estar en los lavaderos de oro de Kara, en las salinas de Utskutsk, en Freitsk, en Nert-

chinsk. Los desterrados iban primero á Tobolsk, que
era como una estación central de todos ellos, desde donde
los distribuía á su capricho por toda Siberia el Gobernador
General. Si yo lo deseaba, se preguntaría al gobernador
de Tobolsk el paradero de Ceneri por carta, ó por un tele-
grama. Pero como yo no podía, de todos modos, dar con
Ceneri sin pasar por Tobolsk, haría yo mismo la pregunta
al Gobernador. Ni el correo ruso, ni el telégrafo, acabado de establecer, me pareció que correrían parejas con mi
prisa : decidí partir al día siguiente.

Dí las gracias al gefe de policía, de quien recogí cuantos informes pude, y con mis eficaces documentos en el
bolsillo, fuíme á acabar mis preparativos de viaje : un
viaje que podía ser mil ó dos mil millas más ó menos largo, según la comarca á donde hubiese placido al gobierna-
dor de Tobolsk confinar al infelíz Ceneri.

Antes de salir recibí una carta de Priscila, carta de
criada vieja, muy bien puesta y confusa. Paulina seguía
bien, y estaba pronta á dejarse guiar por Priscila hasta la
vuelta del paciente amigo que andaba en viaje. "Pero,
mi señor Gilberto, decía aquí la carta, siento mucho decir
que á veces la señora no me parece en sano juicio. Habla
mucho de un crimen muy grande ; pero dice que espera
tranquila en lo que haga la justicia, y que alguien á
quien ha visto en sueños en su enfermedad está trabajando por ella. Y no sabe quien es ; pero dice que es uno
que lo sabe todo."

¡ De manera que no solo esperaría Paulina mi vuelta
tranquilamente, sino que alboreaba ya en su alma la memoria de mi amor ! Aquellas líneas de Priscila me llena-
ron de esperanza.

"Hasta esta misma tarde, mi señor Gilberto, no reparó que tenía puesta una sortija de matrimonio. Me preguntó cómo le había venido, y le dije que no se lo podía decir. La hubiera visto entonces el señor dando y dando vueltas horas y horas á la sortija en el dedo, y pensando y pensando. En qué piensa, le dije. En unos sueños de que quiero acordarme, me dijo, con aquella sonrisita, mi señor Gilberto, tan quieta y tan linda. Yo me estaba muriendo por decirle que era la mujer legítima del señor Gilberto; y me daba miedo pensar que iba á sacarse del dedo la sortija; pero gracias á Dios no se la quitó, señor."

¡Sí, gracias á Dios no se la quitó! Cuerpo y alma se me iban por el camino que había traído la carta; á los piés se me iban de mi pobre esposa; pero refrené la tentación, más seguro cada vez de que mi entrevista con Ceneri había de tener resultados venturosos, de que volvería á conquistar de nuevo, si era necesario, el derecho de afirmar para siempre en aquel dedo el anillo de las bodas, convencido ya de que mi esposa era más pura que el oro del anillo. ¡Oh, Paulina, mi hermosa Paulina! ¡Aún serémos felices, esposa mía!

Al día siguiente salí para Siberia.

CAPÍTULO XI

EL INFIERNO EN LA TIERRA

Mediaba el verano cuando dejé á San Petersburgo, y era el calor vivísimo, en aquella tierra afamada por sus fríos. Fuí á Moscow por el camino de hierro que en línea recta inquebrantable va de una ciudad á otra: así lo mandó hacer el Czar, sin desviaciones ni curvas. Cuando los ingenieros preguntaron por qué ciudades notables debería pasar el camino, tomó el Czar una regla, y trazó una línea recta de San Petersburgo á Moscow: "Por aquí ha de pasar," dijo. Y pasó por allí, arrollando toda propiedad ó conveniencia agena: derechamente anda el camino cuatrocientas millas, sin desviarse un punto de la línea recta que trazó el autócrata.

En la colosal Moscow tuve que detenerme dos días, buscando guía é intérprete. Como yo hablo, además de la mía, dos ó tres lenguas, me fué posible escoger con acierto: tomé al fin á mi servicio un mozo inteligente y afable que se envanecía de conocer pulgada á pulgada nuestro camino. ¡Quédese atrás el Kremlin imponente con sus iglesias, sus torreones y sus muros! Vamos á Nijni Novgorod, donde el ferrocarril acaba. ¡Quédese atrás la vieja ciudad de Vladimir con su famosa catedral de cinco domos! Ya estamos en Nijni, donde mi intérprete quiere quedarse uno ó dos días, porque "es cosa de ver, me dice, la feria de Nijni Novgorod." ¿Qué me importaban á mí fiestas ni ferias? Le ordené que hiciera al instante los preparativos para seguir el viaje.

Como era verano, estaban abiertos los ríos: el vapor nos llevó por el ancho Volga abajo, hasta mas allá de Kasán, hasta el torcido río Kama, hasta la gran ciudad de Perm que el Kama baña.

Nunca fueron para mí cinco días más largos que los que empleé en aquel viaje: el río, tortuoso; perezoso el vapor; el espíritu inquieto. Ansiaba ya llegar á tierra: ¡por el agua no me parecía que adelantaba! Allí sería el camino recto, no con aquellos cientos de recodos!

Estábamos llegando al término de Europa. Á cien millas más, cruzaríamos los montes Urales y entraríamos en la Rusia Asiática.

En Perm hicimos los últimos preparativos. De allí en adelante habíamos de viajar con caballos de posta. Iván, mi guía, compró, no sin regatear, un tarantass, que es una especie de faetón. Ya están en él los baúles, y nosotros en nuestros asientos; piafan ya, arnesados á la rusa, los tres caballos de la primera posta; el yemschik los pone en camino, nó con el látigo, sino con las palabras cariñosas que se tienen en Rusia por más eficaces: ya ha empezado la larga jornada!

Cruzamos los Urales, que no me parecían tan eminentes como los pinta la fama. Pasamos por el obelisco de piedra levantado, me dijo Iván, en honor de Yermak, gefe cosaco. Leímos la palabra "Europa" á nuestro frente, y al respaldo leí la palabra "Asia." En Ekaterineburg pasé mi primera noche en Asia, noche sin sueño, que me ahuyentaba el calcular una vez y otra las millas que me separaban de Paulina. Días sobre días habían pasado desde que salí de San Petersburgo; ferrocarril, vapor y buen caballo me habían traido, y el viaje no estaba más que en su comienzo. Ni sabré siquiera cuanto ha de durar, hasta que no llegue á Tobolsk.

Una bagatela, unas cuatrocientas millas, de Ekaterineburg á Tiumén; otra bagatela, unas doscientas millas, de Tiumén á Tobolsk; y allí, de bagatelas siempre, aguardaré á que plazca al Gobernador General decirme los centenares de millas que me aguardan. En balsa pasamos, el tarantass y nosotros, el Irtnish espacioso y amarillo, que á la otra margen espera á los militares que lo cruzan, con el ascenso con que el gobierno les induce á servir en Siberia: en la margen oriental del Irtnish empieza la Siberia propia.

¡Tobolsk, por fin! Todo es cariños el Gobernador, apenas ve mi pasaporte. Me invita á comer; acepto por razones obvias, y á cuerpo de rey me trata. Hallo en su archivo cuanto necesito saber sobre Ceneri. Lo grave del delito requería especial dureza: lo ha enviado al último extremo de los dominios del Czar. Se ignoraba aún donde acabaría su viaje, mas esto me importaba poco. Él iba á pie, yo en tarantass, y como no había más que un camino, lo alcanzaría al fin, aunque ya hacía meses de su salida de Tobolsk. Mandaba la escolta de aquella cuadrilla de presos el capitán Varlámoff, para quien me daría el Gobernador una carta. Me daría además otro pasaporte con su propia firma.

—¿Dónde cree Vd. que alcanzaré á la cuadrilla?

—Allá por Irkutsk, calculó el gobernador.

¡Por Irkutsk, como á dos millas de Tobolsk!

Me despedí agradecido del poderoso personaje, y á tal velocidad seguí camino que Iván mismo, que era afable y paciente, comenzó á murmurar: "Los rusos son mortales," le oía decir. "Á dos centavos por milla no puede dar la posta caballos árabes." Ni á Iván ni al yemschik daba yo tregua. Todavía no se había enfriado su té cuando ya los estaba llamando para seguir viaje. ¿Dormir toda una noche? ¡Quién pensaba en dormir!

¡Oh, el té de Siberia! ¡Nunca hasta aquel viaje supe la cantidad de té que puede consumir un vivo! Á galones lo beben. Lo llevan consigo en tablillas prensadas, amasado con sangre de oveja y de otros animales. Lo beben al alba, al mediodía, á la noche. Donde hay una parada, como puedan haber á mano agua caliente, á baldes hacen el té, y lo beben á baldes.

Son vagas mis memorias de aquella expedición. No atravesaba yo el país para estudiar las costumbres, ni para escribir un libro de viaje, sino para alcanzar á Ceneri. ¡Á alcanzarlo, pues! Vastas estepas, negros pantanos, bosques de membrillo, tupidos pinares, arces, robles, arroyos, anchos ríos: todo volaba á nuestra espalda. Adelante seguíamos tan de prisa como lo soportaba el camino. Cuando nos rendía la fatiga, habíamos de contentarnos con los ruínes arreos de descanso que hallábamos á mano. Solo los lugares de alguna importancia tenían posadas. Me habitué al fin á dormir en el tarantass, á pesar de los recios tumbos del camino.

Lento, monótono viaje. No me detenía á visitar los objetos ó lugares de interés de que hablan los viajeros. Del alba á la noche, y casi toda la noche, giraban velozmente nuestras ruedas. Á cada nueva posta leía en el paral de madera el número de millas que me separaban de San Petersburgo, hasta que, con aquel correr de días y de semanas, llegó á espantarme la distancia andada y la que había de recorrer á mi vuelta. ¿Volvería á ver á Paulina? ¿Qué habría pasado en Inglaterra durante mi ausencia? Grande era mi desanimación á veces.

Lo que mejor me revelaba la extensión de la distancia recorrida era, más que los parales y los días, los cambios de traje y dialecto de la gente del país. Los yemschiks eran, de trecho en trecho, de nacionalidad y aspecto diferentes: los caballos mismos eran de diversa raza. Mas los yemschiks eran siempre hábiles, y los caballos buenos.

El tiempo seguía hermoso, tal vez demasiado hermoso. Toda aquella tierra, cultivada con esmero, parecía pertenecer á gente acomodada y trabajadora. ¿Era aquella la Siberia de la fama? El aire, excepto en las horas de calor vivo, era sumamente grato: con él se entraban por el cuerpo alegría y fuerza ; jamás había yo respirado aire tan puro. Días había en que sentía en las venas como si me entrase por ellas á raudales una nueva vida.

Los habitantes me parecieron honrados ; y cuantas veces me fué preciso mostrar mis documentos, me trataron de tal modo, que fuera poco llamarlo cortesía. No sé cómo me hubiesen tratado á no llevar los documentos.

Tenía ocupada á casi toda la gente campesina la cosecha de heno, asunto allí de tanta importancia que á los presos mismos se les da suelta durante seis meses para que ayuden á levantar la cosecha. Crecían por todas partes hermosísimas flores silvestres, y no se hallaba persona que no pareciese holgada y satisfecha. Me fueron gratas, en verdad, mis impresiones de verano en Siberia.

Deseaba yo, sin embargo, que hubiésemos estado en el rigor del invierno. Rudo es el frío ; pero se viaja mucho más aprisa. El camino se cubre de nieve. Ya no se va en tarantass, sino en trineo. Maravilla la suma de leguas que se anda al día.

Tuvimos, por de contado, pequeños accidentes y demoras en el camino. Obra de hombre es al fin el tarantass : las ruedas se rompen, los ejes ceden, se quiebran las lanzas, el tarantass se vuelca. Reparábamos el daño, y en camino !

Capítulo de Génesis parecería esta historia, si enumerase yo las ciudades y aldeas por que pasamos. El lector que de aquellas tierras sepa, reconocería algunos nombres : Tara, Kainsk, Koliuván, Tomsk, Achinsk, Nijni Udinsk. Los demás, aun para el lector más culto, serían meros sonidos.

No había, sin embargo, ciudad ó aldea que careciese de estación de posta, ni de un edificio cuadrado y sombrío, mas ó menos grande según la importancia del lugar, y circundado por alta empalizada, á cuya puerta abarrotada se paseaba un centinela : eran los *ostrogs*, las prisiones ! ¡ Ni una aldea sin *ostrog* !

Allí hacían alto los míseros presos en su tremenda marcha. Son los *ostrogs* sus únicas posadas. Masas de insectos parecen en lo interior. En los que están hechos para doscientos presos, encierran cuatrocientos. Había épocas en que no se podía seguir la marcha : los ríos se helaban, ó se inundaba la comarca : las escenas en los *ostrogs* eran entonces espantosas. Se tiembla solo al describirlas. Hombres y mujeres, de su sexo olvidadas en aquella agonía, se apiñaban sofocados y fétidos, contra las paredes que destilaban podredumbre. Subía del suelo hediondez envenenada. Á carretadas sacaban á veces los muertos. Nada éran los sufrimientos del camino comparados con los horrores del descanso. ¡Y era en uno de aquellos ostrogs donde debía yo hallar á Ceneri!

Tropezamos al paso con muchas cuadrillas que seguían jadeantes á su triste destino. Me dijo Iván que llevaban casi todos grillos, lo que yo no hubiera sospechado, porque los tenían cubiertos. El corazón se me afligía por aquellos infelices. Criminales como eran—¿lo eran todos acaso?—jamás pude rehusarles la limosna que invariablemente pedían. No veía yo que los tratasen mal los oficiales y soldados; pero erizaban los cabellos las historias de sus padecimientos á manos de alcaides y carceleros inhumanos. El calabozo y el rodillo, y otras penas de crueldad refinada, castigaban las faltas más leves,—á veces, faltas soñadas!

Respiraba yo más libremente cada vez que perdíamos de vista una de aquellas cuadrillas. Á mi pesar saltaba á mis ojos el contraste entre mí mismo, libre y considerado, y aquellos rebaños de semejantes míos, maltratados é inmundos. Pero si Ceneri no desvanecía toda sombra de duda en mi espíritu, si la pureza de mi esposa no resplandecería libre de toda mancha después de nuestra entrevista, más desdichado volvería yo por aquel camino que aquellos míseros que arrastraban por él sus piés llagados!

Como diez días después de mi salida de Tobolsk comencé á preguntar en los ostrogs si la cuadrilla del capitán Varlámoff había pasado, y si tardaría aún mucho en alcanzarla. Confirmaban todos el cálculo del gobernador: por Irkutsk vendría á dar con ellos. Ví que cada nuevo día me llevaba mucho mas cerca de Varlámoff, y cuando entramos ¡por fin! en la hermosa ciudad de Irkutsk, comprendí que estaba cerca el término de mi jornada.

No había llegado aún el capitán. En el último lugar en que preguntamos por él, nos dijeron que había pasado por allí un día antes : lo dejábamos, pues, atrás. Lo mejor era aguardar en Irkutsk la llegada de la cuadrilla. ¡ Bien me estaría, por cierto, descansar uno ó dos días de tantas fatigas ! No me pesaba gozar de nuevo de las comodidades de la ciudad ; pero á cada hora enviaba á inquirir si habían llegado los presos de Varlámoff. Mucho había anhelado llegar á Irkutsk ; más estaba anhelando salir de él.

No había recibido carta de Irkutsk desde que dejé á San Petersburgo, ni podía recibirlas, puesto que yo había viajado mucho mas rápidamente que el correo. Pero á la vuelta, las recibiría : á la vuelta !

Dos días de impaciencia eran ya pasados cuando me dijeron que á las cuatro de la tarde había llevado su cuadrilla el capitán Varlámoff al ostrog de Irkutsk. ¿Qué me importaba á mí acabar la comida que acababan de servirme ? Me levanté de ella, y fuí hacia el ostrog á paso vivo.

No estaban por cierto acostumbrados los centinelas á ver llegar á la puerta de la prisión un hombre de mi aspecto, en traje de paisano, pidiendo ser conducido sin pérdida de tiempo á la presencia de un capitán ruso que aún no se había sacudido el polvo del viaje. Se sonrieron como de burlas, y preguntaron á Iván si "el padrecito" se había vuelto loco. De mucha persuasión y firmeza tuve que valerme, y de una propina que á aquellos ávidos soldados significaba sendos tragos de *volka*, para que me permitieran trasponer la puerta de la alta empalizada, y llegar, no sin muchas muestras de desconfianza de mi guía, hasta Varlámoff.

Había yo al comenzar mi viaje adoptado el traje ruso, que bien podía, con el desgaste y maltrato del camino, darme la apariencia de un paisano á quien cualquier caballero militar pudiera ajar á su sabor; así fué que el joven y arrogante capitán me echó, al verme, los ojos ceñudos.

Pero fué cosa de gozo observar el cambio de su fisonomía cuando hubo leído la carta del gobernador de Tobolsk. Se puso en pie, con la mayor cortesía me brindó asiento, y me preguntó en francés si hablaba esta lengua.

Lo convencí pronto de ello; y como no necesitaba de Iván en la entrevista, le dije que me aguardase afuera.

Pero no: no se había de hablar de nada hasta que no tuviéramos delante vino y cigarrillos: después, sí, después el capitán se pondría á mis órdenes en todo!

Le dije al fin lo que deseaba.

—Desea Vd. ver privadamente á uno de mis presos. Esta carta me ordena que atienda á su deseo. Pero ¿con qué preso desea Vd. hablar?

Le dí su verdadero nombre. Un movimiento de cabeza me indicó que no lo conocía.

—No conozco á ninguno de ellos por ese nombre. La mayor parte de los nombres de los presos políticos son falsos. Cuando salen de mis manos, quedan convertidos en números; de modo que no importa.

—¿Ceneri?

Volvió á mover la cabeza. Tampoco lo conocía por Ceneri.

—Sé que el hombre á quien busco está en su cuadrilla. ¿Cómo puedo hallarlo?

—¿Le conoce Vd. de vista?

—Oh, sí: le conozco bien.

—Venga Vd. entonces conmigo, y búsquelo en la cuadrilla. Pero encienda antes otro cigarro: vamos á necesitarlo.

Salió guiándome, y pronto nos detuvimos ante una recia puerta. Á su voz vino un carcelero, con un mazo de grandes llaves. Rechinó el cerrojo, y quedó la puerta franca.

—Sígame, dijo Varlámoff, aspirando dilatadamente su cigarro. Le obedecí; y á poco caigo en aquellos umbrales desmayado!

Tal hedor se escapó por aquella puerta, que parecía que por allí se entrase en una caverna donde estuvieran puestas á pudrir las impurezas todas de la tierra. Se sentía que aquel aire espeso y pestífero iba cargado de enfermedades y de muerte.

Me recobré como mejor pude, y seguí á mi guía por aquel lugar lóbrego. Tras de nosotros se cerró la puerta.

Aunque pudiese yo hallar la manera de describir aquel horrendo cuadro ¿quién me lo creería? El ostrog era espacioso; pero para los presos que había en él, debía ser tres veces mayor. Repleto estaba de aquellos infelices; de pie, sentados, acostados. Hombres de todas edades, de todas las naciones. Los había del más bajo tipo humano. Estaban apiñados en grupos: muchos de ellos se injuriaban, maldecían, juraban. Movidos por la curiosidad

se echaron sobre nosotros tan de cerca como el miedo al
capitán les permitía.   Reían y charlaban en sus bárbaros
dialectos.   En un infierno estaba yo, en un inmundo infierno: en un infierno creado por los hombres para sus
semejantes.

¿Suciedad?: masa de ella era el ostrog entero: amon-
tonada bajo los piés, escurriéndose por las paredes y las
vigas, flotando en el aire espeso, cálido, pestilente.   Masa
viva de suciedad parecía ser cada hombre.   Emile Zola se
complacería en una descripción minuciosa de aquella miseria: yo la dejo á la imaginación de los que me leen,
aunque dudo que imaginación alguna conciba cosa semejante á la realidad.

En una cosa sí pensé al momento: ¿cómo no se echaban afuera todos aquellos hombres, abatían á sus guardas,
y se escapaban de la humeante cueva?   Lo pregunté á
Varlámoff.

—Jamás intentan escaparse en el camino, me dijo.   Es
un caso de honor entre ellos: saben que si alguno se fuga,
los demás son tratados con mucha mayor severidad.

—¿Y ninguno se escapa después?

—Sí, muchos se escapan; pero de nada les sirve.   Tienen á la fuerza que pasar por las poblaciones, ó morir de
hambre; y en las poblaciones vuelven siempre á caer
presos.

Uno á uno iba yo examinando aquellos rostros, ansioso
de dar con el que buscaba; unos me miraban con ira, con
desconfianza otros, otros como desafiándome, otros con indiferencia.   Se hablaban en voz baja; pero la presencia
de Varlámoff me libró de insultos.   Muchos grupos exa-
miné sin éxito; y comencé á dar la vuelta á la prisión.

Á todo lo largo de la pared corría una tarima inclina_
da, cubierta enteramente por cuerpos encogidos en diver-
sas posturas.   Era el lugar menos inmundo del ostrog, y
no había en él vacío el espacio de un dedo.   En una de
las esquinas ví á un hombre reclinado, en la actitud de
quien ha perdido ya todas las fuerzas.   La cabeza le col-
gaba sobre el pecho, los ojos los tenía cerrados.   Algo
había en todo él que me era conocido.   Me acerqué á él,
y le puse mi mano en el hombro.   Abrió sus fatigados
ojos y levantó su triste faz.   Era Manuel Ceneri.

8

CAPÍTULO XII

EL VERDADERO NOMBRE

La expresión de su mirada cambió de súbito de la desesperación al asombro. Parecía no estar seguro de que no fuese un fantasma el hombre que tenía ante sí. Se puso en pie como deslumbrado y aturdido, y me miró cara á cara, mientras que sus compañeros agitados se apretaban al rededor nuestro.

—¡Mr. Vaughan! aquí! en Siberia! exclamó, como si no diese crédito á sus propios sentidos.

—Vengo desde Inglaterra para ver á Vd. Éste es el preso á quien busco, dije, volviéndome hacia el capitán, que continuaba echando al aire espesas bocanadas de humo.

—Me felicito de que lo haya encontrado, respondió cortésmente. Ahora, mientras mas pronto salgamos de aquí, mejor. Este aire es poco saludable.

¿Poco saludable? ¡Era fétido! Al ver á aquel gallardo militar de afables maneras, al pensar en el endurecimiento á que ha de llegar el alma para estar viendo en paz tanta miseria, tanto infortunio, me maravillaba de que aquel hombre creyese sinceramente que sólo estaba cumpliendo con su deber. Tal vez estaba cumpliendo con él. Tal vez los crímenes de los presos sofocaban toda simpatía. ¡Pero, oh tormento, el de vivir entre aquellos infelices, trocados en poco más que bestias! Puedo yo equivocarme; mas me parece que el carcelero ha de tener un corazón más duro que el peor de sus cautivos.

—¿Puedo verle, hablarle á solas? pregunté.

—Á eso está Vd. autorizado. Soy un soldado; en este asunto Vd. es mi superior.

—¿Puedo llevarlo conmigo á la posada?

—Creo que nó. Aquí mismo tendrá Vd. un cuarto. Sírvase seguirme. Ah! ¡Esto es otra cosa!

Estábamos ya fuera de la puerta de la prisión, respirando otra vez el aire libre. Me llevó el capitán á una especie de despacho, desaseado y con escasos muebles, pero que alegraba los ojos cuando se venía de aquella terrible escena.

—Espere Vd. aquí. Voy á enviarle el preso.

Pensé al instante en el miserable y decaído aspecto de Ceneri. Aunque fuese el malvado mayor, deseaba hacerle algún bien.

—¿Puedo darle de comer y de beber?

El capitán se encogió de hombros, y rió amablemente.

—No debe tener hambre. Él recibe las raciones que el gobierno dice que son suficientes. Pero Vd. puede tener hambre y sed. No veo por qué impedirle que envíe por algo de comer y de beber, para Vd. por supuesto.

Le dí gracias, y envié á mi guía á traer la mejor carne y vino que pudiese hallar. Cuando en Rusia pide vino un caballero, se entiende que es champaña. No hay posada de algún viso donde no la tengan, ó al menos vino del Don, que no la suple mal. Pronto había vuelto Iván con una botella de champaña bueno, y no mala provisión de carne fría y pan blanco. Acababa de ponerlo en la mesa cuando en compañía de un alto soldado entró mi huésped.

Ceneri se dejó caer con fatiga en la silla que le acerqué. Oí, al sentarse, el ruido de sus grillos. Mandé á Iván afuera. El soldado, que sin duda había recibido órdenes, me saludó con gravedad, y salió tras él. Quedó la puerta cerrada, y Ceneri y yo solos.

Había vuelto ya un tanto de su estupefacción, y al mirarme notaba yo en su rostro á la vez curiosidad y anhelo. Desesperado como estaba, vió sin duda en mi presencia allí algún rayo de esperanza, imaginando que podría ayudarle á recobrar la libertad. Para gozar un momento de esta idea estuvo acaso al principio sin hablarme.

—He hecho un viaje largo, muy largo, para ver á Vd., Dr. Ceneri.

—¡Ay! ¿Si á Vd. le ha parecido largo, que me habrá parecido á mí? Vd. por lo menos puede volver cuando lo desee á la libertad y á la dicha.

Me hablaba en el tono tranquilo de los que ya nada esperan. No había yo podido evitar que mis palabras fuesen frías, y mi voz áspera. Si mi presencia despertó alguna esperanza en su corazón, el tono de mi voz la disipaba. Sabía ya que no había hecho el viaje por él.

—Que pueda yo volver á la dicha ó nó, depende de lo que Vd. me diga. Vd. comprende que sólo un asunto de la mayor importancia me ha traído tan léjos para ver á Vd. unos cuantos minutos.

Me miró con curiosidad, mas no con desconfianza. ¿Qué daño le podía hacer? ¿Para él no estaba ya el mundo terminado? Aunque le acusase yo, no de uno, de cien asesinatos; aunque paseáse allí las víctimas á su presencia ¿qué más podría sucederle de lo que le sucedía? Él estaba excluído, borrado del libro de la vida: nada podía ya importarle, salvo el mayor ó menor bienestar físico. Me estremecí al pensar en la extensión de su infortunio, y á despecho de mí mismo, compadecí vehementemente al desventurado.

—Tengo mucho de importancia que decirle; pero déjeme servirle primero una copa de vino.

—Gracias, me dijo, casi con humildad. Vd. no podrá creer, Mr. Vaughan, que un hombre se vea reducido á tal estado que apenas pueda contenerse á la vista de un poco de carne aseada y un poco de vino.

Todo lo podía yo creer después de haber visto el ostrog. Destapé la botella y la puse de su lado. Mientras comía y bebía, tuve tiempo para estudiarlo atentamente.

Sus sufrimientos lo habían cambiado mucho. Sus facciones se habían acentuado; todos sus miembros parecían más pobres: dijérase que tenía diez años más. Llevaba, hecho todo harapos, el vestido ordinario de los campesinos rusos. Sus piés, envueltos en pedazos de un género de lana, se mostraban á trechos por·sus zapatos rotos. En todo él era visible el efecto de sus largas jornadas. Nunca me había parecido hombre robusto, y me bastaba ahora verle para asegurar que cualquiera que fuese la labor á que lo dedicara el gobierno ruso, en cuidarlo gastaría más que lo que pudiera obtener de él; pero lo probable era ¡infeliz! que no tuviera que cuidarlo largo tiempo.

No comía vorazmente, aunque sí con un vivo apetito. Bebía poco. Apenas acabó de comer, miró al rededor

como buscando algo. Le dí mi tabaquera, y un fósforo
encendido. Me dió las gracias, y comenzó á fumar con
visible placer.

No me atreví en los primeros momentos á inquietar
al desdichado: cuando saliera de verme, iba á volver á
aquel infierno de hombres. Pero el tiempo corría: del
lado afuera de la puerta se oía el paso monótono del centinela: no sabía yo cuanto tiempo permitiría el capitán
que se prolongara la entrevista.

Reclinado Ceneri en la silla, con el aire absorto de
quien sueña, fumaba lentamente y con deleite, como si
quisiese apurar todo el sabor del buen tabaco. Le ofrecí
un poco más de champaña. Sacudió la cabeza, se volvió,
y fijó en mí la mirada.

—Mr. Vaughan, dijo: sí, es Mr. Vaughan! ¿Pero yo,
quién y qué soy? ¿Dónde estamos? ¿Es esto Londres,
ó Génova, ó qué es esto? ¿Despertaré y hallaré que he
soñado todo lo que he padecido?

—Temo que no sea sueño. Estamos en Siberia.

—¿Y Vd. no me trae ninguna buena nueva? ¿Vd.
no es uno de los nuestros, que viene á riesgo de su vida á
libertarme?

Á mi vez sacudí la cabeza.

—Haría cuanto pudiese por mejorar su fortuna; pero
vengo por un asunto propio á hacer á Vd. algunas preguntas que sólo Vd. puede responder.

—Pregúntemelas. Me ha dado Vd. una hora de alivio
en mi miseria. Le estoy agradecido.

—¿Me dirá Vd. la verdad?

—¿Por qué nó? ¿Qué tengo yo que temer, qué tengo
que ganar, qué tengo que esperar? Los hombres mienten

cuando las circunstancias los obligan: un hombre en mi situación no tiene necesidad de mentir.

—La primera pregunta es ésta: ¿qué clase de hombre es, quién és Macari?

De un salto se puso en pie Ceneri. El nombre de Macari lo había vuelto al mundo. Ya no parecía un hombre decrépito. Su voz era fiera y firme.

—¡Un traidor! ¡Un traidor! exclamó. Por él me veo en esta desdicha. Á no ser por él, yo hubiera realizado mi intento y escapado. ¡Si fuera él el que estuviera aquí en lugar de Vd! Débil como estoy, hallaría en mí fuerza bastante para apretarle en la garganta el último soplo de vida de su infame cuerpo!

Y se paseaba por el aposento de un lado y de otro á grandes pasos, abriendo y cerrando los puños.

—Cálmese, Dr. Ceneri, le dije. Nada tengo yo que hacer con sus intrigas y traiciones políticas. ¿Quién es? ¿Cuál es su familia? ¿Es Macari su nombre verdadero?

—Jamás le he conocido por otro nombre: su padre era un renegado italiano que envió á su hijo á vivir en Inglaterra para guardar su sangre preciosa del riesgo de verterse por la libertad de Italia. Le conocí cuando era joven é hice de él uno de los nuestros. Nos era muy útil su conocimiento perfecto del inglés, y peleó, sí, peleó en un tiempo como un bravo. ¿Por qué fué traidor luégo? ¿Por qué me hace Vd. esas preguntas?

—Ha estado á verme y me asegura que es hermano de Paulina.

Me bastó ver en aquel momento el rostro de Ceneri para desterrar de mí aquella primer mentira de Macari. ¿Y la otra? ¡Ah! la otra, ¿cómo no había de ser también enteramente falsa ?   Pero iba yo á oir una revelación terrible al preguntar sobre ella.

—¿ Hermano de Paulina ? tartamudeó Ceneri. ¡ Su hermano !   Ella no tiene hermano.

Como de un velo lúgubre se cubrían sus facciones al decirme esto : ¿ qué idea se las velaba ?

—Dice que es Antonio March, su hermano.

—¿ Antonio March ? repitió Ceneri trémulo.   No hay semejante persona.   ¿ Qué quería ?   ¿ Cuál era su objeto ? me preguntó febrilmente.

—Que yo me uniese á él para solicitar del gobierno italiano la devolución de una parte de la fortuna gastada por Vd.

Rompió Ceneri en una risa amarga.

—Ya todo lo veo claro, dijo.   Denunció un plan que hubiera podido cambiar un gobierno, nada más que por sacarme de su camino. ¡ Cobarde ! ¿ Por qué no me mató á mí sólo, nada más que á mí ?   ¿ Por qué ha hecho sufrir á otros conmigo ? ¡ Antonio March ! ¡ Dios mío ! ¡ ese hombre es un infame !

—¿ Está Vd. seguro de que Macari lo denunció ?

—Sí, estoy seguro.   Lo estaba desde que el del calabozo de al lado me lo golpeó en la pared.   Él tenía modo de saberlo.

—No entiendo á Vd.

—Los presos se hablan á veces por golpes en la pared que separa sus calabozos.   El preso que estaba junto á mi calabozo era uno de los nuestros.   Mucho antes de que los meses de prisión solitaria lo hubiesen vuelto loco, me dijo muchas veces con sus golpes : " Denunciado por Macari."   Yo lo creía.   Era un hombre demasiado leal para acusar sin razón. Pero hasta ahora no podía explicarme el objeto de la traición.

La parte más fácil de mi tarea estaba vencida. Macari no era hermano de Paulina. Ahora, si Ceneri quería decírmelo, iba yo á saber quien fué la víctima del crimen cometido años atrás, y la razón del crimen; iba á oir, sin duda, que la explicación de Macari era una invención maligna: si esto no oía ¿ á qué mi viaje ? ¿ Es maravilla que me temblaran los labios al ir á hablar de lo que decidiría de mi ventura ?

—Ahora, Dr. Ceneri, tengo que preguntar algo de mayor importancia para mí. ¿ Tuvo Paulina un amante antes de ser mi esposa ?

Ceneri levantó las cejas.

—Pero Vd. no ha venido de seguro hasta aquí para curarse de una idea celosa.

—No; verá Vd. después lo que quiero decir. Entre tanto, respóndame.

—Tuvo un amante, puesto que Macari decía que la amaba, y juraba que la haría su esposa. Pero puedo afirmar con entera certeza que ella jamás correspondió á Macari.

—¿ Ni tuvo amores con nadie más ?

—No, que yo sepa. Pero sus palabras de Vd. y su agitación me extrañan. ¿ Por qué me pregunta Vd. esto ? Yo pude obrar mal con Vd., Mr. Vaughan; pero, salvo su estado mental, todo en Paulina la hacía digna de ser esposa de Vd.

—Sí, Vd. obró mal. ¿ Qué derecho tenía Vd. para dejarme casar con una pobre loca ? Fué Vd. muy cruel con ella y conmigo.

Airado me sentía, y hablé con ira. Ceneri se agitó en su silla inquieto. Si me hubiera movido la venganza, allí la tenía entera : al hombre más vengativo hubiera saciado la contemplación de aquel mísero, vestido de harapos, quebrado en alma y cuerpo.

No era vengarme lo que yo quería. Todo en él me revelaba que me decía la verdad al afirmarme que Paulina no tuvo otros amores. ¡ De nuevo, como cuando la ví por última vez y la besé en la sien, allí donde empezaba á crecer el cabello rico y fino, caía deshecha en polvo la vil mentira de Macari ! Pura era Paulina como un ángel. Pero yo necesitaba saber quien fué aquel cuya muerte tuvo por tanto tiempo velada su razón.

Ceneri me seguía mirando inquieto. ¿ Adivinaba lo que tenía que preguntarle ?

—¡ Dígame, prorrumpí, el nombre del joven asesinado por Macari en Londres en presencia de Paulina; dígame por qué lo mató !

De una palidez cenicienta se le cubrió instantáneamente el rostro. Allí parecía acabar su vida, encogido en su asiento como un inanimado bulto, sin el poder del habla ni la acción, sin apartar los ojos de mi cara.

—Dígame, repetí. . . . Pero no: voy á recordar á Vd. la escena, para que vea que la conozco bien. Aquí está la mesa; aquí está Macari, de pie junto al hombre á quien ha herido; aquí está Vd.; detrás de Vd. está otro hombre con una cicatríz en la mejilla. En el aposento de atrás, sentada al piano, está Paulina. Está cantando; pero su canto se interrumpe al caer el hombre muerto. ¿ Describo bien la escena ?

Yo había hablado con vehemencia. Acompañaba de

gestos mis palabras. Ávidamente me había oído Ceneri. Con ojos ansiosos había seguido todos mis ademanes. Al indicar yo la posición supuesta de Paulina, volvió hacia allí los ojos, rápidos y aterrados, como si esperase verla entrar. Nada objetó á mi descripción del cuadro.

Aguardé á que recobrase la calma. Parecía un espectro. El aliento le venía á boqueadas. Temí por un momento que allí quedase muerto. Llené un vaso de champaña : lo tomó en su mano temblante, y lo apuró de un golpe.

—¡ Su nombre ! ¡ Dígame el nombre del muerto ! repetí. ¿ Dígame que relación tenía con Paulina ?

Recuperó entonces la voz.

—¿ Por qué viene Vd. hasta aquí á preguntármelo ? Paulina debe habérselo dicho á Vd. Ella debe haber vuelto al juicio, porque si nó, Vd. no podía saber esto.

—Paulina no me ha dicho nada.

—No puede ser. Ella ha de habérselo dicho. Nadie más que ella vió el crimen, el asesinato : porque fué un asesinato.

—Alguien más lo vió que Vd. olvida.

Ceneri, asombrado, me miraba.

—Sí, alguien más, por un accidente ; un hombre que podía oír, pero no ver, cuya vida defendí como la propia mía.

—Doy á Vd. gracias por haberlo salvado.

—¿ Vd. me da gracias ? ¿ Por qué me da Vd. gracias ?

—Porque si salvó Vd. la vida de alguien fué la mía. Yo soy aquel hombre.

—¡ Vd. es aquel hombre ! Y me miraba más atentamente. Sí : ahora recuerdo bien las facciones. Siempre me dije que yo había visto alguna vez su cara. Sí. Entiendo. Soy médico. ¿ Le operaron los ojos ?

—Me los operaron con éxito.

—Ahora ve Vd. bien ; ¿ pero entonces ? Yo no pude equivocarme : Vd. estaba ciego : Vd. nada veía.

—Nada ví ; pero lo oí todo.

—Y Paulina le ha dicho á Vd. lo que sucedió.

—Nada me ha dicho Paulina.

Ceneri se puso otra vez en pie, y volvió á pasear agitadamente por el aposento. Las cadenas le sonaban al andar. "Yo lo sabía," balbuceaba en italiano : "yo lo sabía : aquel crimen no podía quedar oculto."

De pronto se volvió hacia mí.

—Dígame cómo ha sabido Vd. esto. Teresa hubiese muerto antes de hablar. Petroff, ya lo dije á Vd., murió loco en la fortaleza.—Petroff era sin duda el de la cicatríz en la cara, el que había descubierto la traición de Macari.

—¿ Se lo dijo á Vd. Macari, ese consumado traidor ? No : no puede ser. Él era el asesino ; esa confesión hubiera trastornado sus planes. ¿ Cómo lo ha sabido Vd. ?

—Yo lo diré á Vd. ; pero sospecho que no va á creerme.

—¿ No creer á Vd ? ¡ Todo lo creeré yo de aquella noche ! Jamás he podido librar de ella mis pensamientos. La verdad, Mr. Vaughan, se ha revelado á mí en esta prisión. Yo no estoy condenado á esta vida por un crimen político. Mi sentencia es la venganza indirecta de Dios por la maldad de que fué Vd. testigo.

No : Ceneri no era un criminal endurecido, como Macari. Á él, por lo menos, le atormentaba la conciencia.

Y además, como parecía supersticioso, me creería tal vez cuando le contase la manera con que me fué revelado el crimen.

—Yo lo diré á Vd., repetí, con tal de que por su honor se obligue á contarme la historia completa del asesinato, y á responder á mis preguntas plena y sinceramente.

Sonrió con amargura.

—Olvida Vd. quién soy ahora, Mr. Vaughan, pues que me habla de honor. Sí: yo prometo todo lo que Vd. me pide.

Y le dije en seguida, cuan brevemente pude, todo lo que había sucedido, lo que había yo visto. Temblaba al oirme pintar de nuevo la implacable visión.

—No más, no más, me dijo. Bien lo sé yo todo. Miles de veces lo he vuelto á ver, despierto y en sueños: no dejaré de verlo mientras viva. ¿Pero por qué viene Vd. á mí? Vd. me dice que Paulina está recobrando su sentido: ¡ella se lo hubiera dicho todo!

—Nada le hubiera preguntado hasta no haber visto á Vd. Ella ha vuelto al juicio, pero no me conoce; y si la respuesta de Vd. no es la que anhelo, jamás me conocerá.

—Si algo puedo hacer para purgar ... comenzó ansiosamente.

—Decir la verdad. Escúcheme. Acusé al asesino, al cómplice de Vd. en el crimen. Como Vd., tampoco él lo negó; pero lo justificó.

—¡Lo justificó! ¿Cómo?

Me detuve por un instante. Clavé mis ojos en él para no perder el menor cambio de su fisonomía, para leer la verdad en sus facciones.

—Me dijo que el joven había sido muerto por órdenes

de Vd ; que el joven era—¡ Dios mío, cómo pude repetir-
lo !—el amante de Paulina, que la había deshonrado, y se
negaba á reparar su falta.   La verdad !   Dígame la verdad !

Gritos eran ya mis últimas palabras.   Toda mi calma
desaparecía al pensar en el villano que con una sonrisa de
burla había acusado á Paulina de una infamia.

Ceneri, en cambio, se calmaba á medida que compren-
día la gravedad de mi pregunta.   Malo como aquel hombre podía ser, aún manchado de sangre inocente, lo hubiera estrechado en mis brazos al leer en su mirada de
asombro la pureza sin mancha de mi amada !

—El joven á quien hirió en el corazón el puñal de
Macari fué el hermano de Paulina, el hijo de mi hermana,
Antonio March.

CAPÍTULO XIII

CONFESIÓN TERRIBLE

CENERI, apenas acabó de decirme aquellas inesperadas palabras, echó sus demacrados brazos sobre la ruda mesa, y con un gesto de desesperación hundió la cabeza en ellos. Repetía yo maquinalmente y como estupefacto desde mi asiento: "El hermano de Paulina! Antonio March!" El último vestigio de la calumnia estaba borrado de mi mente; pero el crimen en que Ceneri había estado complicado asumía tremendas proporciones. Más espantable era de lo que yo había sospechado. La víctima era un pariente cercano, el hijo de su propia hermana. ¡Nada podría decirme que disculpase el crimen! Aun cuando no lo hubiese premeditado y ordenado, él lo presenció, él ayudó á borrar todas sus huellas, él había vivido, hasta hacía poco tiempo, en íntima amistad con el asesino. Apenas podía yo reprimir la repugnancia y el desprecio que me inspiraba aquella criatura abyecta. No sabía cómo hallar calma en mi indignación para preguntarle, en palabras inteligibles, el objeto del crimen; pero yo estaba decidido á saberlo al fin todo.

Me ahorró la pregunta. Levantó la cabeza y me miró con ojos suplicantes.

—Se aparta Vd. de mí. Es justo; pero yo no soy tan culpable como Vd. piensa.

—Antes, dígamelo todo: las excusas vendrán luégo, si hay alguna.

Hablaba como sentía: dura y desdeñosamente.

—Para el asesino no hay ninguna. Para mí, bien sabe Dios que con toda el alma hubiera dejado vivo á Antonio. Abjuró de su patria y la olvidó; pero eso se lo perdoné.

—Su patria! La patria de su padre era Inglaterra.

—La de su madre era Italia! me replicó Ceneri en un arranque fiero. Tenía nuestra sangre en sus venas. Su madre era una buena italiana. Ella lo hubiera dado todo, fortuna, vida, hasta el honor, sí, hasta el honor lo hubiera ella dado por Italia.

—Bien. El crimen!

Y me narró el crimen. En justicia á un hombre arrepentido, no lo cuento en sus propias palabras. Sin su propio acento de angustia parecerían frías é inexpresivas. Culpable fué, pero no tanto como yo pensaba. Su gran falta era creer que en la causa de la libertad todas las armas son permitidas, todos los crímenes perdonables. Los ingleses, hombres hechos á decir como nos viene á los labios nuestro pensamiento y á ejercitar la persona en los asuntos públicos, no podemos entender, ni ver con piedad, á uno de esos fanáticos engendrados, como el estallido en una botella de champaña, por la presión constante y violenta. El hombre se abre paso con más fiereza allí donde se le niega más. Libres nosotros, no entendemos las fatigas y crímenes de los demás por serlo. Conforme á nuestras ceguedades de partido, ensalzamos al nuestro é injuriamos en todo nuestro leal saber y entender á nuestros adversarios, especialmente cuando está en ellos el gobierno, y nos parece mejor que esté en nosotros ; pero de una ú otra manera, aunque nos cubra en Inglaterra el manto real, son nuestros conciudadanos los que nos gobiernan. Vivamos años sobre años á la merced de un extranjero ; y entenderémos lo que quiere decir patriotismo en el sentido de Ceneri.

Él y su hermana eran hijos de una buena familia de la clase media, nó de nobles como me dijo Macári. Le educaron con esmero, y se hizo médico. Su hermana, de quien había Paulina heredado su gran hermosura, vivió como en Italia viven las jóvenes de su condición ; más tristemente vivió sin duda, pues, siguiendo el ejemplo de su hermano, rehusó asistir á fiesta ó goce alguno mientras se pasearon como señores por su tierra los austriacos de casaquilla blanca. Amor vino á sacarla de aquel luto. Un inglés, March, vió á la hermosa niña, se hizo amar de ella, y casada con él se la llevó á Inglaterra en triunfo. Ceneri no perdonó nunca á su hermana por completo ; mas no halló razón para oponerse á su ventajoso matrimonio. March era muy rico : su padre fué hijo único, y él lo era también, lo que explica que no tuviese Paulina parientes cercanos por parte de su padre. Durante muchos años vivieron felices los esposos, favorecidos con una hija y un hijo, hasta que March murió, cuando la niña tenía diez años y el niño doce. La viuda, á quien sólo podía retener en Inglaterra el amor á su esposo, se volvió al punto á Italia, donde la vieron llegar con alegría cuantos de niña habían admirado su patriotismo y hermosura. Muy rica era : muy bien la recibieron. Su marido, en los primeros encantos de su pasión, había testado en favor suyo toda su fortuna ; y tanto fiaba en ella, que el nacimiento de los hijos no le hizo alterar su voluntad : ¿á qué decir que la esposa de March vió su camino sembrado de amigos?

Antes de conocer á su marido, había ella amado á su hermano por sobre todo en el mundo. Le secundaba en su pasión por Italia ; simpatizaba con sus planes ; oía con cariño los detalles menores de sus constantes intrigas : él le llevaba algunos años. Á su vuelta á Italia, halló a aquel hermano querido trabajando oscuramente, por una paga ruín, de médico más laborioso que afortunado. ¿ Y era aquel el enérgico, el visionario, el osado patriota de quien habían apartado á la italiana los brazos de su esposo? Sólo cuando estuvo convencido de que su estancia en Inglaterra no había entibiado en ella el amor á su patria, le dejó ver Ceneri que aquella humilde apariencia escondía una de las mentes mas diestras y sutiles de cuantas por entonces, con fuego de novicios, trabajaban por la libertad de Italia. Recobró entonces Ceneri todo su imperio sobre su hermana. Ella lo admiraba, lo veneraba. ¿ Qué le pediría él para Italia que no hiciese ella?

Imposible es decir lo que ella hubiese hecho ; pero no es dudoso que en las manos de Ceneri habría puesto sin vacilar, llegada la hora del sacrificio, su fortuna y la de sus hijos. Murió ántes, y dejó á su hermano cuanto poseía, como tutor de los dos niños, con el encargo único, á que le movió el recuerdo de su esposo, de que les diese educación inglesa. Cerró los ojos, y á la merced del tutor quedaron los dos niños.

La madre fué obedecida. Paulina y Antonio se educaron en Inglaterra ; pero como no tenía allí la familia muchos amigos y durante la viudez de su madre habían desaparecido los más de ellos, iban siempre á pasar en Italia las vacaciones, con lo que fueron creciendo tan italianos como ingleses. Ceneri administraba su fortuna hábil y honradamente, hasta que, al fin, la hora anhelada vino!

Se preparaba el golpe supremo. Ceneri, que nunca quiso mezclarse en intrigas de poca cuenta, sintió que era aquel el instante de hacer por su patria cuanto le fuese dable. Saludó al heroe. Garibaldi iba á salvar al país oprimido. La fortuna había premiado el primer atrevimiento. Tiempos y hombre se juntaron. Á rebaños, á millares venían los reclutas al campo de la guerra. "Dinero!" se decía de todas partes. Dinero para armas y municiones, para provisiones y vestidos, para comprar á los enemigos y á los traidores, para tódo dinero! Puesta ya en aquel punto por los hombres de pensamiento la redención de los italianos, los que pusieran en manos de los bravos los recursos de guerra serían los redentores verdaderos!

¿Por qué había él de dudar? ¿No hubiera dado su hermana en caso semejante todo cuanto poseía, y su vida? ¿No eran sus hijos italianos de madre? ¡La libertad no reparaba en tales pequeñeces! Salvo unos cuantos miles de libras, todo lo malvendió y virtió Ceneri en las manos que imploraban dinero con qué tener en pie á los soldados de Italia. Donde más se la necesitó, fué empleada la riqueza toda de los niños, y Ceneri mantenía que sin su ayuda, Italia aquella vez no hubiera sido libre. ¿Quién sabe? Acaso tenía razón.

Títulos y honores le ofrecieron luégo por aquel grande y callado servicio, é involuntariamente sentí respeto por

Ceneri al saber que los había rehusado todos : su conciencia tal vez le decía que no tenía derecho á ellos ; no era
suyo lo que había sacrificado por la patria. Ello fué que
no pasó de ser el Doctor Ceneri, y ni amigos ni gefes re-
conoció en los vencedores, cuando vió que Italia iba á ser
un reino, nó una república.

Había guardado sólo unos miles de libras. ¡ Su patriotismo permitió al menos á Ceneri reservar lo necesario
á sus víctimas para acabar su educación y comenzar la
vida ! Era ya tal la hermosura de Paulina que su suerte
no debía ser motivo de mayor inquietud : un matrimonio
rico le aseguraría el bienestar. Pero Antonio, que ya las
daba de mozo alocado y terco, Antonio era otra cosa!
Había resuelto Ceneri, no bien llegase á la mayor edad,
confesarle su robo, decirle cómo había gastado su riqueza,
pedirle su perdón, soportar, si era necesario, la pena de la
ley. Pero mientras le fué quedando aún algo del caudal,
demoró hacerlo. No mostraba el joven la menor simpatía con los ardores revolucionarios de su tío, ni la menor
desconfianza de él ; y seguro de que, al entrar en edad,
vendría á sus manos, aumentada por el económico manejo,
una generosa fortuna, gastaba tan á raudales el dinero que
Ceneri se vió pronto en agonías para saciarlo.

Y demoraba su confesión, mientras tenía aún á mano
algunos fondos. Á él también le ocurrió el plan en que
Macari quiso asegurar mi ayuda ; pero la demanda hubiera tenido que hacerse en nombre del sobrino despojado :
Antonio hubiera tenido que saberlo.

El miedo de Ceneri era mayor mientras más cercano
estaba el instante de la revelación inevitable. Había estu-
diado el carácter de Antonio, y estaba cierto de que su

único deseo sería vengarse del tutor desleal que echaba abajo sus sueños de riqueza. Ya Ceneri no veía delante de sí más que una ignominiosa condena de la ley, ciertamente merecida : y si la justicia de Inglaterra no podía alcanzarle, la de su propio país podría.

Creo que hasta aquella época no había hecho Ceneri á sus propios ojos cosa de que no le absolviese su patriotismo ; pero fué creciendo en él luégo el deseo de librarse del castigo, y determinó esquivar la consecuencia de su conducta.

Nunca había mostrado afecto por sus sobrinos, y ya en los últimos tiempos se le aparecían de seguro como dos inocentes engañados que algún día le pedirían cuenta del delito. Conservaban, además, demasiado del carácter de su padre, para que él se sintiese muy inclinado á ellos. Á Antonio lo despreciaba por su frívola y estéril vida, vida sin aspiración ni objeto, vida de gozador egoísta, tan distinta por cierto de la suya. Creía Ceneri honradamente que trabajaba por el bien del mundo ; que sus conspiraciones y proyectos aceleraban la victoria de la libertad universal. Era en los escondidos círculos de los conspiradores europeos persona de considerable importancia. Su ruina ó su prisión privaría á sus coaligados de un hombre útil. ¿ No tenía él el derecho de mirar por sí, pesando de un lado su vida encaminada á altos propósitos, y de otro la existencia de mariposa de su sobrino ? Así raciocinaba y se persuadía de que, por el bien de la humanidad, apenas había cosa que no le fuera lícita para salvarse á sí mismo.

Antonio March tenía entonces veintidos años. Confiado en su tío, descuidado y ligero, había aceptado, mien-

tras nada le faltó para sus necesidades, las excusas con
que Ceneri demoraba el rendimiento de sus cuentas. No
se supo si algún detalle excitó sus sospechas; pero cambió de pronto de tono, é insistió en que al instante fuese
puesta en sus manos su fortuna. Ceneri, á quien sus
planes retenían por entonces en Londres, le aseguró que
antes de salir de Inglaterra lo dejaría todo explicado.

En verdad, la hora de la explicación había llegado ya :
las últimas sumas pedidas por Antonio habían poco menos
que agotado el escaso remanente de su fortuna paterna.

Pero Macari ¿ qué tenía que hacer en todo esto ? Había sido durante años un útil y fiel agente de Ceneri, aunque probablemente no le animaban los desinteresados y
nobles móviles de éste. Parecía ser uno de esos traficantes
en conspiraciones, que entran en ellas por el dinero
que de ellas pueden sacar. Y aquella bravura suya, que
dicen que fué cierta, con que peleó y se distinguió en
Italia, la explicaba bastante la indómita ferocidad de su
naturaleza, que era de las que en el pelear hallan agradable empleo.

Como en todos los planes de Ceneri estaba mezclado,
iba á su casa á menudo, donde quiera que su vida er-
rante lo tuviese, y allí veía á Paulina, á quien requería
de amores desde que era aún niña, sin que sus artes apasionadas consiguiesen mover en su favor á la encantadora
criatura. Con ella era él bondadoso y sumiso, y Paulina
no tenía por qué desconfiar de él ; pero le negó siempre
tenazmente su cariño. Años duraba ya aquella persecución. Macari era la constancia misma. Paulina le repetía
en vano su determinación : Macari renovaba sus demandas.

Ceneri no lo animaba en ellas, pero no quería ofenderlo, y como veía que Paulina lo rechazaba de todas veras, dejaba á sí mismas las cosas, creyendo que Macari se cansaría al fin del vano empeño. No creía Ceneri que Macari solicitase á Paulina por la fortuna que ésta pudiese llegar á tener: que harto adivinaría él de donde provinieron aquellas riquezas vertidas por Ceneri en las arcas de los patriotas.

Paulina estuvo en el colegio hasta que iba ya á cumplir diez y ocho años: de entonces hasta los veinte, suspirando siempre por Inglaterra, vivió con su tío en Italia. Rara vez veía á Antonio, pero lo quería con pasión, por lo que tuvo grande alegría cuando Ceneri le dijo que sus negocios lo llamaban á Inglaterra, é intentaba llevarla. Se vería libre de la persecución fatigosa de Macari, y volvería á ver á su hermano.

Ceneri, que quería recibir sin estorbos á toda hora á sus numerosos amigos políticos, alquiló por un plazo breve una casa amueblada. Paulina no ocultó su disgusto al ver entrar en su casa de Londres á Macari, tan necesario entonces á Ceneri que le fué dado un aposento en la casa. Y como también Teresa, la criada de Ceneri, había venido con ellos desde Italia, no cambió mucho con la vuelta á Inglaterra la existencia de Paulina, perseguida sin descanso por Macari, que, á fin ya de recursos, concibió el de conciliarse la ayuda de Antonio: ¿qué no haría Paulina que Antonio le pidiese? No era él amigo particular del joven; pero tuvo una vez ocasión de servirle en un caso de apremio, por lo que se juzgaba con derecho á ser servido á su vez de él. Y como sabía que los hermanos eran pobres, vaciló aún menos en entablar su demanda.

La entabló. Antonio, que parece haber sido un mancebo soberbio y de modos ásperos, rió de la impertinencia y despidió á Macari. ¡No sabía el pobre joven lo que iba á costarle aquella risa!

Acaso fué la réplica iracunda de Macari, que lívido de cólera salió de la entrevista, lo que hizo entrar á Antonio en miedos sobre la situación de su fortuna. Escribió en seguida á su tío, exigiéndole un arreglo definitivo é inmediato. Á la menor demora consultaría á un abogado, y perseguiría, si era preciso, criminalmente á su tutor.

Era, pues, aquel el instante temido por Ceneri; solo que ahora, en vez de haber sido espontánea, la confesión iba á ser forzosa y violenta. Con qué ley le perseguiría, la italiana ó la inglesa, lo ignoraba Ceneri; pero Antonio lo perseguiría por la ley. Su prisión en aquellos momentos haría venir por tierra el plan laborioso que estaba entonces tramando. ¡Á toda costa era preciso que Antonio March se estuviese en paz por algún tiempo!

¿Cómo? Ceneri me aseguró, con la solemnidad de un moribundo, que jamás pensó en el medio terrible con que fué llevado á cabo. Muchos proyectos revolvió en la mente, hasta que al fin se fijó en uno, que aunque difícil, tenía probabilidades de éxito. Con la ayuda de sus amigos y subordinados, sacaría á Antonio de Inglaterra, y lo tendría por algún tiempo en un asilo de dementes. Que esto se hace por el mundo, lo saben los que leen atentamente crónicas de tribunales. La detención sería sólo temporal; pero aunque Cenerí no me lo confesó, sin duda hubiera exigido á Antonio como precio de su libertad la promesa de perdonarle el uso fraudulento de su fortuna.

Y este plan ¿cómo iba á ser llevado á cabo? Macari, en quien pedían venganza las no olvidadas injurias de Antonio, estaba muy dispuesto á ayudar en todo. Petroff también, en cuerpo y alma: el hombre de la cicatríz era un esclavo del Doctor. Teresa, cualquier crimen hubiera cometido si su amo se lo mandaba. Los papeles, se obtendrían ó se falsificarían. Los conjurados atraerían al joven á visitarlos á la casa de la calle Horacio, y Antonio saldría de allí como un demente que va bajo la guarda de sus cuidadores y su médico. Era una vil y alevosa trama, de dudoso éxito, pues la víctima había de ser llevada á Italia. Cómo, Ceneri mismo no me lo sabía explicar: acaso no había meditado todos los detalles del plan; tal vez harían beber un narcótico á Antonio; tal vez confiaba en que la exaltación en que le pondría el suceso diese apariencia de verdad á la invención de su locura.

Ante todo era preciso inducir á Antonio á que viniese á la calle Horacio, á una hora oportuna. Ceneri hizo sus preparativos, repartió la labor entre sus cómplices, y escribió á su sobrino que viniera: "Ven esta noche; te explicaré todo lo que deseas."

Puede ser que Antonio desconfiase más de su tío de lo que éste sospechaba. No aceptó la invitación; sugirió que su tío fuese á verlo. Macari aconsejó entonces valerse de Paulina para hacer venir á Antonio á la casa fatal. No mostró Ceneri la menor preferencia respecto al lugar de la entrevista; pero estaba tan lleno de ocupaciones que sería dentro de uno ó dos días. Dijo á Paulina que tenía que hacer hasta tarde la noche siguiente, de modo que era buena ocasión para que se viese con su hermano: "Díle

9

que venga, y haz por tenerle aquí hasta que yo vuelva, porque quiero verlo."

Paulina, sin sospechar nada, escribió á su hermano que, como estaría sola hasta tarde aquella noche, viniese á verla, ó si quería, la llevase al teatro. Vino, y la llevó al teatro: eran más de las doce cuando entraban de vuelta en la casa. Sin duda Paulina le rogó que estuviese aún con ella algún tiempo. Antonio, tal vez contra su deseo, aceptó. Tremendo como fué para Paulina el golpe que pocos momentos después le perturbó la razón, mas debió aún añadir á su horror el pensamiento de que sus mismos ruegos habían traído á su hermano á la muerte.

Sólos estuvieron por algún tiempo hermano y hermana, hasta que Ceneri, con sus dos amigos, entró en el aposento. El encuentro disgustó á Antonio, pero saludó á su tío cortésmente. Á Macari, le volvió la espalda.

No quería Ceneri que se hiciera la menor violencia á Antonio delante de Paulina. Lo que había de hacerse, se haría al salir Antonio de la casa. Allí podrían echarse sobre él, ahogar sus gritos y llevarlo al sótano. Nada debía saber Paulina: Ceneri tenía dispuesto que á la mañana siguiente fuese á casa de una de sus amigas, con quien debía quedarse, sin conocer el motivo que llevaba lejos de Inglaterra tan súbitamente á Ceneri y sus amigos.

—Paulina, dijo Ceneri: ¿por qué no te recoges? Antonio y yo tenemos que hablar de negocios.

—Esperaré hasta que Antonio se vaya, dijo; pero si Vds. tienen que hablar, me iré al otro aposento.

Y en él entró y se sentó al piano, donde empezó á distraerse tocando y cantando.

—Es demasiado tarde para hablar de negocios esta noche, dijo Antonio, no_bien salió Paulina.

—Mejor es que aproveches esta ocasión. Mañana mismo tengo que salir de Inglaterra.

No deseaba Antonio ver de nuevo en viaje á su tío sin saber de él el estado de su fortuna, por lo que volvió á sentarse.

—Bien, dijo; pero no creo necesaria la presencia de personas extrañas.

—No muy extrañas, Antonio. Son amigos míos, y están aquí para responder por la verdad de lo que voy á decirte.

—No he de soportar que se hable de mis asuntos delante de un hombre como ése, dijo Antonio, con un movimiento de desprecio hacia Macari.

Conversaban los dos en voz baja. Paulina no estaba lejos, y ninguno de los dos quería alarmarla; pero Macari oyó la frase y vió el gesto. Llameaban sus ojos al inclinarse hacia Antonio amenazante.

—Puede ser que dentro de pocos días me dé Vd. de muy buena gana lo que me negó hace poco tiempo.

Ceneri observó que la mano derecha de Macari descansaba entre las solapas de su levita; pero como ésta era actitud familiar en él, no le dió importancia alguna.

No quiso Antonio responder. Volvió el rostro con ademán de absoluto desdén, ademán que sin duda encendió aún más el furor de Macari.

—Antes de hablar de ninguna otra cosa, dijo Antonio á su tío, insisto en que desde hoy quede Paulina á mi cuidado. Ni ella ni su fortuna han de venir á parar á las manos de un grosero rufián italiano, como ese hombre á quien llama Vd. su amigo.

Antonio no volvió á hablar sobre la tierra. Macari adelantó un paso hacia él: ni una exclamación, ni un voto. Fieramente asido por su mano derecha saltó el brillante acero de su escondite, y al verlo Antonio y echarse atrás en la silla para huirlo, cayó de arriba el golpe con toda la fuerza de aquel firme brazo. Entró el puñal por debajo de la clavícula. Le partió el corazón. ¡ Ya Antonio March callaba para siempre!

Entonces, al caer, cesó de pronto el canto de Paulina, y su grito de horror rompió los aires. Desde su asiento en el piano pudo ver lo que había sucedido. ¿Á quién asombrará que el espectáculo le sacudiese y anublase el juicio?

Macari estaba en pie, junto á su víctima. Ceneri contemplaba estupefacto el crimen que ahorraba la ejecución de su proyecto. Solo Petroff aparecía sereno. Iba la vida en que Paulina callase. La vecindad entera se alarmaría á sus gritos. Se fué sobre ella, y echándole por sobre la cabeza un cubre-sofá de lana, la retuvo, semi-ahogada, por la fuerza, sobre el diván del aposento.

Entonces fué cuando entré yo en el cuarto, desvalido y ciego; pero, á los ojos de aquellos hombres, un mensajero de la celeste venganza. Macari mismo se estremeció á mi presencia. Ceneri fué el que, obedeciendo al instinto de conservación, sacó el revolver, y lo montó: él, quien entendió mi suplica y abogó por mi vida; él, me dijo, quien me la salvó.

Macari, vuelto pronto de su sorpresa, insistía en que compartiese yo la suerte de Antonio March. Ya estaba por el aire su puñal, pronto á sacar del mundo otra vida, cuando Petroff, obligado por el nuevo aspecto de la escena á abandonar á Paulina, se abalanzó á mi cuello y me retuvo encorvado sobre el cadáver. Ceneri desvió el brazo de Macari, y me libró de morir. Examinó mis ojos, y declaró que estaba ciego. No había allí tiempo para recriminaciones; pero juró que no se cometería otro asesinato.

Petroff le secundó, y cedió Macari, con tal de que se hiciera conmigo lo que se hizo. El narcótico me lo hubieran dado al instante, si lo hubiesen tenido á la mano. Despertaron á Teresa, y ella fué á buscarlo. Los cómplices no osaban apartarse de mí; por eso me forzaron á sentarme, y oí su faena.

¿Por qué no denunció Ceneri el asesinato? ¿por qué, á lo menos, ayudó después de él al asesino? Solo puedo creer que era más malvado de lo que se pintaba, ó que le aterró su parte en el delito; porque el plan que él meditaba, era poco menos criminal que la puñalada de Macari: ningún tribunal que conociese la suerte que en sus manos había llevado el caudal del muerto le habría absuelto. Acaso él y Petroff, manchado sin duda con sangre de crímenes políticos, tenían en poco la vida humana; y, comprendiendo que no les mostraría merced la justicia en un proceso, unieron su fortuna á la de Macari, y todos juntos se dieron á burlar las pesquisas y esconder las huellas del asesinato. Desde aquel instante, apenas hubo diferencia de grados en la culpa de aquellos tres hombres.

Así ligados, no dudaban del éxito. Á Teresa hubo que decir la verdad; pero Teresa veía con tales ojos á Ceneri, que si en diez asesinatos le hubiera pedido ayuda, en los diez se la hubiera dado. Ante todo, tenían que libertarse de mí. Ceneri no quería fiarme á las manos de Macari. Petroff salió, y volvió con un carruaje retardado. Pagaron bien al cochero, que les dejó usar del carruaje por una hora y media. Era aún de noche, y pudieron sacarme de la casa sin ser vistos. Petroff me llevó lejos, y me dejó en la acera insensible, después de lo cual devolvió el carruaje á su dueño, y se reunió á sus compañeros.

Los gemidos de Paulina habían ido cesando gradualmente, y más que espantada, parecía muerta. Ella era el mayor peligro para los tres hombres. Hasta que volviese en sí nada podían hacer, sino dejarla en su alcoba bajo la vigilancia de Teresa. Luégo decidirían.

Pero ¿ qué harían del muerto ? Era indispensable hacerlo desaparecer. Muchos planes discutieron, hasta que á uno al fin le hallaron condiciones de éxito, por su misma audacia. Nada aterraba ya á aquellos tres hombres.

En las primeras horas de la mañana enviaron una carta á la casa de Antonio, anunciando que el joven había caído gravemente enfermo la noche anterior, y estaba en casa de su tío. Esto prevenía toda pesquisa por aquella parte. Y en la casa del tío, el infeliz fué compuesto de modo que pareciese haber muerto de enfermedad natural. Falsificaron una certificación de médico : Ceneri no me dijo cómo obtuvieron la plantilla : el médico que la llenó desconocía su objeto.

Dieron orden á un muñidor de que enviase un ataud, y una caja de madera en que ajustase, aquella misma noche ; y en presencia de Ceneri fué colocado el cadáver en la caja, explicando aquella prisa y desnudez con la ex-

cusa de que estos preparativos eran meramente tempora-
les, pues el cuerpo iba á ser llevado fuera de Inglaterra
para enterrarse allí solemnemente. El muñidor estaba
bien pagado, y fué prudente. Cumplidas así, con ayuda
de la certificación falsa, las formalidades principales, los
tres cómplices, dos días después del crimen, iban camino
de Italia, vestidos de luto, acompañando el cuerpo de su
víctima. No hubiera habido razón para detenerlos: ni
en el aspecto de los dolientes, ni en las circunstancias del
caso, parecía haber nada sospechoso. Llevaron el ataud á
la ciudad misma en que había muerto la madre de Antonio, y junto á ella enterraron á su hijo, y en la lápida hicieron grabar su nombre y la fecha de su muerte. De
todo estaban ya libres, excepto de Paulina.

¡De ella también estaban libres! Cuando por fin
despertó de su estupor, hasta Teresa pudo entender que
sucedía en ella algo extraordinario. Nada decía de lo
que había visto: no preguntaba nada: nada de lo pasado
recordaba. En obediencia á órdenes de Ceneri, Teresa la
llevó, tan pronto como fué posible, á reunirse á él en Italia. Macari había privado al hermano de la vida, y de la
razón á la hermana.

Nadie preguntó por Antonio March. Apurando su
plan atrevido, Ceneri comisionó á un agente para recoger
en la casa en que vivía los objetos de uso del joven, é informar á los dueños de que Antonio había muerto en su
casa y estaba sepultado en Italia con su madre. Unos
cuantos amigos lamentaron por un poco de tiempo á su
alegre compañero, y Antonio March quedó olvidado. Del
ciego, suponían que le tenía cuenta callar lo que había
oído.

No cambiaban los meses el estado de Paulina. Teresa la cuidaba, y juntas vivieron en Turín hasta la época en que las ví en San Giovanni. Ceneri, que no tenía hogar fijo, veía poco á la enferma. No parecía despertar en ella recuerdos penosos la presencia de Ceneri; pero él no podía soportar la de Paulina. Copia ambulante veía siempre en ella del cuadro que hubiera querido arrancarse de la memoria. No parecía Paulina contenta en Italia, y aún en su incierta voluntad se entendía que echaba muy de menos á Inglaterra. Ansioso Ceneri de no tenerla ante los ojos, dispuso que Teresa fuese á vivir con ella á Londres, y aquel día en que las vimos, había venido á Turín precisamente á arreglar el viaje. Le acompañaba aquel día Macari, que, á pesar de haberse teñido la mano en la sangre de Antonio, miraba á su hermana como cosa en cierto modo suya: aún nublada su mente, insistía en que se la diese Ceneri por esposa. Había amenazado con que la tomaría por la fuerza: había jurado que sería de él. Ella no recordaba nada: ¿por qué no había él de casarse con ella?

Pero, sea su maldad la que fuese, en tánto no consintió Ceneri: antes, á haber sido posible, hubiera roto todo trato con Macari. Mas la intimidad de aquellos dos hombres, trabajadores de la tiniebla, era demasiado íntima para que pudiera quebrarla el recuerdo de un crimen, por atroz que fuese: Paulina fué á Inglaterra: allí estaba libre de Macari. Entonces se la pedí yo en matrimonio: dármelá, era librarse de toda responsabilidad y gasto acerca de ella, y sacarla del camino de su compañero: de aquí nuestra unión singular, que aún entonces, á la boca del ostrog, justificaba, diciendo que fué siempre su creencia que una vez que el cariño colorease y acalorara su alma oscura, con el fuego é influjo de él volvería á Paulina el juicio.

Tal, aunque nó en sus propias palabras, fué el relato de Ceneri: ya sabía yo cuanto quería saber. Acaso había hecho de sí una pintura, á pesar de todo, lisonjera; pero sin reserva me había revelado aquella sombría historia, y, aunque en aquel instante me inspiraba un aborrecimiento invencible, sentía que me había dicho la verdad.

CAPÍTULO XIV

¿ SE ACUERDA DE MÍ ?

YA era tiempo de terminar nuestra entrevista. Más de una vez había asomado la cabeza el cortés capitán, mirándome de modo que era fácil entenderle que aún la amplia autoridad que yo llevaba tenía límites. Ni deseaba yo prolongar mi conversación con el preso: ¿ qué más necesitaba yo saber? Aquel hombre, que á mi consideración no tenía título alguno, me había confesado el crimen, y revelado la historia pura y desdichada de Paulina. Aun cuando hubiese querido ayudar á Ceneri, no tenía cómo hacerlo. ¿ Á qué, pues, aguardar ?

Pero aguardé algún tiempo. Me tenía lleno de piedad y dolor el pensamiento de que al ponerme en pie, y dar por acabada nuestra conversación, aquel desdichado volvería á su cueva fétida. Para él era precioso cada instante que pudiese aún estar junto á mí. Jamás volvería á ver un rostro amigo.

Había cesado de hablar, é inmóvil en su asiento, miraba á tierra con la vista fija, la cabeza inclinada hacia adelante. Consumido, harapiento, desolado: tan caído de espíritu que la compasión ahogaba los reproches. Lo observaba en silencio.

Por fin me dijo:

—¿ Y no encuentra Vd. ninguna excusa para mí, Mr. Vaughan?

—Ninguna, dije. No hallo diferencia entre Vd. y sus cómplices.

Se levantó penosamente.

—¿ Cree Vd. que Paulina curará? me preguntó.

—Espero hallarla casi bien á mi vuelta.

—Le dirá Vd. cómo me ha visto : tal vez le sea agradable saber que la muerte de Antonio me ha traído á esto.— Accedí con un movimiento de cabeza á la lúgubre súplica.

—Ya debo irme, me dijo, como si le entrase de pronto frío de fiebre. Debo irme.—Y arrastraba su cuerpo hacia la puerta. ¿ Cómo dejarlo ir sin una palabra de consuelo?

—Un instante. ¿ Qué puedo hacer yo para mejorarle á Vd. aquí la vida?

Sonrió, como sin fuerzas.

—Puede Vd. darme algún dinero : poco. Si lo salvo, podré comprarme algunos lujos de preso.

Le dí algunos billetes que escondió en su ropa.

—¿ Quiere Vd. más?

Movió lentamente la cabeza. No quería más.

—Esto mismo temo que me lo roben antes de gastarlo.

—¿ Pero no puedo dejar á alguien dinero para Vd?

—Puede Vd. dejarlo al capitán. Si es honrado y bueno, me llegará un poco : si me llega !

Así le prometí hacerlo; llegárale ó nó, hacerlo me era grato.

—Pero ¿ qué va á ser de Vd? ¿ Á dónde lo llevan? ¿ Qué hará allí?

—Nos llevan al fin de Siberia, á Nertchinsk. De allí

saldré con otros á trabajar en las minas.   Vamos por todo
el camino á pie, y con grillos.

—¡ Oh, qué terrible destino !

Se sonrió.

—Después de lo que he sufrido, nada es terrible.
Cuando un hombre desafía la ley en Rusia, su único deseo
es ser enviado á Siberia : ¡ oh, Siberia es el cielo !

—¿ Cielo Siberia ?

—¡ Ah, si hubiera Vd. estado como yo, aguardando
proceso, meses tras meses, que eran todos una noche, en-
cerrado en un calabozo, sin luz, sin espacio, sin aire ; si
hubiese Vd. oído, meses tras meses, al preso en el calabozo de al lado, loco, loco por la soledad y el mal tratamiento, revolviéndose entre las paredes como una fiera
medio muerta ; si al despertar de cada sueño, oyéudole
golpear, dar con la cabeza en el muro, llorar, gruñir, se
hubiese dicho Vd. meses tras meses : " Yo seré como ése
esta noche ; yo rugiré como ése mañana " ; si lo hubieran
á Vd. azotado, puesto á helar, puesto á morir de hambre
para hacerlo denunciar á sus compañeros ; si se hubiese
Vd. visto en tal condición que la sentencia de muerte
misma era un alivio, entonces, Mr. Vaughan, entendería
Vd. por qué no me espanta Siberia !   Juro á Vd.,—continuó con más fuego y animación de los que parecían hos-
pedarse aún en su cuerpo,—que si los pueblos civilizados
de Europa supiesen un décimo de los horrores de una prisión rusa, dirían, de modo que temblasen los que nunca
tiemblan : " Culpable ó inocente, así no ha de atormen-
tarse á un ser humano," y por piedad, nada más que por
piedad, barrerían á ese bárbaro gobierno de la memoria
de la tierra !

—Pero ¡veinte años en las minas! ¿Y no habrá modo de escapar?

—¿Á dónde? Busque á Nertchinsk en el mapa. Si huyo, erraré por las montañas hasta que muera, ó hasta que uno de los salvajes me mate. No, Mr. Vaughan: las fugas de Siberia sólo se ven en las novelas.

—¿Será Vd. entonces esclavo hasta la muerte?

—Tal vez no. Una vez tuve que recoger muchos detalles sobre los desterrados de Siberia, y, á decir la verdad, me contrarió el ver cuán equivocada es la opinión común. ¡Ojalá no me hayan engañado mis informes!

—¿No tratan, pues, tan mal á los desterrados?

—Mal, siempre; porque se está sin cesar á la merced de un tiranuelo. Por un año ó dos, sin duda, se es un esclavo en las minas; pero si sobrevivo al trabajo, lo que no creo, puedo hallar favor á los ojos del jefe, y verme libre de las penas más duras. Tal vez me permita residir en alguna ciudad, y ganar allí mi vida. Tengo esperanzas de que me sirva de mucho mi profesión de médico: hay pocos médicos en la Rusia Asiática.

Por poco que lo mereciese, con toda mi alma deseaba que obtuviera lo que me decía, aunque una nueva mirada sobre él me aseguró de que era poco probable que el infeliz resistiese un año de trabajo en las minas.

Se abrió la puerta, y entreví por ella al capitán, que mostraba ya impaciencia. "Acabo en seguida" le dije: se inclinó, y se hizo á un lado.

—Si algo más puedo hacer, Ceneri, dígamelo.

—Nada, ... nada ... Ah! sí: algo más! Macari, ese malvado, tarde ó temprano tendrá su castigo. Yo he sufrido: él sufrirá. Cuando le llegue su vez ¿querrá Vd.

decírmelo? Será difícil: yo no tengo el derecho de pedirle un favor: pero eso no le es á Vd. indiferente: Vd.
podrá enviármelo á decir. Si no estoy muerto para entonces, me tranquilizará mucho saberlo.

Sin esperar mi respuesta, echó hacia la puerta á paso
vivo, y con el centinela al lado anduvo hasta la entrada
de la prisión. Yo le seguía.

Mientras abrían la recia cerradura,

—¡Adios, Mr. Vaughan! me dijo: Si le he hecho
mal, perdóneme. No nos volverémos á ver ya más en
esta vida.

—En cuanto á mí, lo perdono á Vd. enteramente.

Vaciló un instante, y me tendió la mano. La puerta
estaba ya abierta: ya veía yo en la masa confusa aquellos
viles rostros, los rostros de sus compañeros. Oía sus cuchicheos de curiosidad y asombro. Me dieron en la cara
los hedores de aquella cueva inmunda. ¡Y con aquella
turba de criaturas bestiales, de hombres fétidos, había de
pasar aquel infelíz de gustos finos é inteligencia cultivada
sus últimos días? ¡Era un tremendo castigo!

Pero bien merecido. Toda su culpa se me representó
vívidamente al verle en aquellos umbrales, con la mano
tendida. Infelíz era; pero era un asesino. Su suerte
me angustiaba; pero no pude decidirme á tenderle mi
mano. Acaso fuí cruel; pero no pude.

Vió que mi mano no respondía á la suya: se le encendió en bochorno el rostro, inclinó la cabeza, y se volvió.
El soldado lo asió ásperamente por el brazo, y lo echó
puerta adentro. Se volvió á verme, por entre aquellas
hojas que iban á esconderle al último mensajero de la
vida, con una expresión tal en los ojos que en muchos

días la estuve viendo por todas partes : ¡ aquella mirada se posaba en mi cabecera, me esperaba á mi puerta, me seguía! Todavía me estaba mirando así cuando la puerta, cerrándose de súbito, lo apartó de mi vista para siempre.

Me arranqué de allí á pasos lentos, como si el corazón hinchado me pesase, lamentando tal vez haber hecho mayores su infortunio y vergüenza. El capitán, á cuyo encuentro fuí, me ofreció por su honor que el dinero que dejase en sus manos sería empleado en beneficio de Ceneri. No fué poco el que le dejé : ¡ojalá haya llegado parte de él á manos del desdichado!

¡ Mi intérprete! ¡ los caballos! ¡ el tarantass! Todo listo al momento : ni un instante demoro mi viaje. ¡ Á Inglaterra! ¡ Á Paulina!

En media hora lo tuve todo pronto. Iván y yo saltamos á nuestros asientos : el yemschik chasqueó su látigo : los caballos arrancaron : las campanillas sonaron alegremente : era noche cerrada : ¡nunca había visto yo llena de luz la sombra! Estaba empezado ya el viaje de vuelta : hasta entonces no había medido bien la inacabable distancia que me separaba de Paulina.

Un recodo del camino escondió pronto á mi vista el sombrío ostrog ; pero muchas millas teníamos recorridas sin que aún hubiera vuelto á una relativa paz mi espíritu, y días pasaron antes de que dejara yo de pensar, casi en todo momento, en aquella pútrida caverna donde había hallado á Ceneri, y en cuya lobreguez é imundicia lo ví entrar de nuevo, contraste extraño con la paz que nuestra entrevista me dejaba en el alma !

No contaré aquí el viaje de retorno : vueltos los ojos á mí mismo, solo para la imágen de Paulina, que evocaban

pertinazmente, tenía yo miradas.   Fué el tiempo por lo
común bueno; buenos los caminos: todo bueno!   Mi
impaciencia me hacía viajar día y noche.   No excusaba
gastos: mi pasaporte extraordinario me hacía obtener caballos en las postas, cuando viajeros que habían llegado
antes quedaban aguardándolos; y mis gratificaciones á
los yemschiks los hacían ir de prisa.   Á los treinta y cinco
días nos apeábamos á la puerta del Hotel de Rusia, en
Nijni Novgorod: una jornada más, y el tarantass hubiera caído deshecho: tal estaba que Iván, á quien lo regalé,
lo vendió en seguida en tres rublos.

¿Esperar?   ¡Nó!   De Nijni á Moscow; de Moscow
á San Petersburgo.   No bien doy gracias al embajador y
recojo mi equipaje, ¡á Inglaterra!

Á mi vuelta de Irkutsk había venido hallando cartas
de Priscila en Tomsk, en Tobolsk y en Perm: en San
Petersburgo recibí otras más recientes.   Nada desagradable sucedía.   Priscila, que se había criado en Devonshire,
tenía fé en la virtud de sus aires, y se llevó allá á Paulina,
con quien vivía en un apacible pueblo de baños de la
costa norte: y me decía Priscila que estaba Paulina "tan
linda como una rosa, y tan juiciosa como el señor Gilberto mismo."

¿Qué mucho que, con tales nuevas, ardiese yo en deseos de verme en mi hogar, de ver á mi esposa como nunca me había sido dado verla, con su mente en flor?   ¿Se
acordaría de mí?   ¿Cómo sería nuestra primera entrevista?   ¿Me llegaría al fin á querer?   ¿Mis desdichas
habían terminado, ó empezaban?   Sólo Inglaterra podía
responder á estas preguntas.

¡En Inglaterra al fin!   Dulce impresión, que mejora

y enternece, la de pisar tras larga ausencia el suelo patrio, y ver los rostros familiares, y oir por todas partes la lengua nativa. El sol y el viento me han bronceado el rostro: llevo la barba larga: apenas me conocieron dos ó tres amigos con quienes tropecé al llegar á Londres. Ataviado de aquella manera, de seguro no me reconocería Paulina.

Sastre y navaja me volvieron pronto á mi apariencia antigua; y sin anunciar á Priscila mi vuelta me puse en camino, ansioso de saber por fin lo que me reservaba la fortuna.

¿Qué es, á quien viene de Siberia, atravesar la Inglaterra? Aquellas ciento cincuenta millas, recorridas con tal afán, me parecieron sin embargo más largas que mil un mes antes. Tuve que andar en diligencia las últimas millas; y aunque nos llevaban cuatro soberbios animales, cada una me pareció mas larga que toda una jornada de Siberia. Llego por fin: dejo mi equipaje en el despacho de la diligencia: salgo, fuera de quicio el corazón, á buscar á Paulina.

Fuí á la casa indicada en la carta de Priscila, que era un edificio tranquilo y pequeño, anidado entre espesa arboleda, con un jardín á la entrada, lleno de las últimas flores del verano. La madreselva vestía el pórtico; en los canteros se erguían los girasoles; el aroma de los claveles embalsamaba el aire. Aprobaba la elección de Priscila mientras me abrían la puerta.

Pregunté por Priscila. Había salido hacía algún tiempo con la señorita, y no volvería hasta la noche. Me volví, á buscarlas.

Entraba ya el otoño; pero las hojas conservaban toda-

vía su verdor y hermosura. Estaba el cielo sin nubes, y
un aire vivo y sano acariciaba el rostro. Me detuve á
mirar á mi alrededor, dudoso de mi rumbo. Á mis piés,
allá á lo lejos, reposaba el pueblecillo de los pescadores,
amontonadas las casitas á la boca del río bullicioso y tra-
vieso que corre valle abajo, y se vierte en el mar gozosa-
mente. Grandes arrecifes bordaban la rompiente á un
lado y otro, y detrás de ellos corrían, tierra adentro, las
colinas cubiertas de bosque: frente á mí estaba el mar,
verde y sereno. Hermoso era el paisaje; pero aparté los
ojos de él. ¿Dónde estaría Paulina?

Me pareció que en un día como aquel las arboledas
umbrosas que corrían á lo largo del río eran el refugio
mas apetecible: bajé el cerrillo y eché á andar por las
márgenes, que azotaba la rápida corriente matizada acá
y allá de algas, ya deslizándose traviesa, ya rompiéndose
contra las grandes peñas de la cuenca en miles de casca-
das espumantes.

Seguí río abajo como una milla, aquí escalando una roca
musgosa, allí vadeando un arroyuelo, otras veces abriendo
camino por entre la tupida ramazón de los flexibles avella-
nos, hasta que distinguí de pronto en un espacio abierto
á la otra orilla una joven sentada, que dibujaba. Estaba
de espalda á mí ¿pero qué línea habría de ella que no
hubiese estado constantemente, desde aquella mañana
de Turín, presente ante mis ojos? Paulina era! era mi
esposa!

Si por ella misma no la hubiera conocido, me hubiera
revelado su presencia aquella otra buena mujer, sentada
á su lado, que parecía estar cabeceando sobre un libro.
Aquel chal de Priscila lo hubiese yo reconocido á una

milla de distancia: el Universo no ha visto aún su semejante.

Mucho, mucho me costó refrenar el ímpetu que me
movía á decirle á voces que estaba junto á ella. Pero no:
yo quería hablar antes á solas con Priscila, y ajustar mi
conducta con Paulina á lo que ella me dijese. Á despecho de mi resolución ¿cómo no acercarme algo más á ella,
para verla de más cerca? Palmo á palmo me fuí desli-
zando hasta que estuve casi enfrente de mi artista y, medio oculto por la maleza, á mi sabor pude recrearme en la
contemplación de su nueva hermosura.

El tinte de la salud coloreaba sus mejillas; salud re-
bosaba toda ella, y, en un instante en que se volvió hacia
Priscila y le dijo unas cuantas palabras, ví en su rostro tal
expresión y sonrisa que á poco más hubiera quebrado el
corazón sus riendas. Mucho, mucho me costaba mantenerme callado en mi escondite. ¡Cuán distinta Paulina
de la pálida enferma que había dejado á mi salida de Inglaterra!

En esto se volvió, y miró al otro lado de la corriente,
¡hacia mi lado! ¿Cómo, á pesar de mi prudencia, me había dejado llevar de mi regocijo hasta exponerme á ser
visto? Con el río entre los dos nuestras miradas se encontraron.

De alguna manera debía recordarme ella: aunque fuera como á quien se ha visto en sueños, debía serle mi
cara conocida. Dejó caer su lápiz y su cuaderno, y se
puso en pie de súbito, aún antes de que Priscila, olvidando
su libro, me saludase con una exclamación de júbilo y
sorpresa. Me miraba Paulina como si aguardase á que yo
le hablara ó fuera hacia ella, mientras que la buena Pris-

cila, bulliciosa como la ligera corriente que teníamos á los
piés, me enviaba á través de ella palabras de bienvenida.

Aunque hubiera querido hacerme atrás, era demasiado tarde.   Hallé un paso por allí cerca, y en un minuto ó
dos saltaba á la otra orilla.   Paulina no se había movido;
Priscila corrió hacia mí con las manos abiertas, y casi me
dejó sin las mías.

—¿ Me recuerda? ¿ me reconoce? le pregunté en voz
baja, desasiéndome de ella y adelantando hacia mi esposa.

—Todavía nó; pero lo reconocerá: ¡ sí lo reconocerá,
señor Gilberto!

Rogando á Dios, suspensos los alientos, que su profe-
cía se realizara, llegué á Paulina y le tomé la mano.   Me
la dió sin vacilar, y alzó hacia mí sus ojos negros.   ¿ Cómo
no la estreché en aquel momento contra mi corazón?

—Paulina, ¿ me conoces?

Bajó los ojos.

—Priscila me ha hablado de Vd.   Me dice que es Vd.
amigo mío, y que debía esperar tranquila hasta que Vd.
viniera.

—¿ Pero no me recuerdas?   Acaba de parecerme que
me recordabas.

Suspiró.

—Lo he visto á Vd. en sueños, en sueños extraños.

Y un vivo rubor le aumentaba al decir esto el color
del rostro.

—Cuéntame esos sueños, dije.

—No puedo.   He estado enferma, muy enferma por
mucho tiempo.   He olvidado mucho: he olvidado todo
lo que me ha sucedido.

—¿ Quieres que te lo diga yo?

—Ahora nó, ahora nó, exclamó ansiosamente.   Espere: espere: puede ser que lo recuerde todo yo misma.

¿Tenía ya algún conocimiento de la verdad? ¿Eran los sueños de que me hablaba los esfuerzos de su memoria que se desenvolvía? ¿Le revelaba la verdad aquel brillante anillo que llevaba al dedo? ¡Oh, sí, yo esperaría!

Juntos volvimos á la casa, seguidos á discreta distancia por Priscila.   Parecía Paulina aceptar como cosa enteramente natural mi compañía.   Cuando el camino iba en pendiente ú ofrecía algún obstáculo, me tendía la mano, como si sintiera su derecho á apoyarse en mí; pero dejó pasar mucho tiempo sin hablarme.

—¿De dónde viene Vd? me preguntó por fin.

—De un viaje muy largo, un viaje de muchos miles de millas.

—Sí; cuando yo lo veía á Vd., estaba Vd. siempre viajando.   ¿Y encontró lo que buscaba? añadió con afán.

—Sí.   Sé la verdad: lo sé todo.

—¿Dónde está él?

—¿Quién?

—Antonio, mi hermano: el que mataron! ¿Lo enterraron?   ¿Dónde?

—Está enterrado al lado de su madre.

—¡Oh, gracias, gracias á Dios! allí podré rogar por él!

Hablaba con vehemencia, aunque en perfecto sentido; pero me extrañaba que no mostrase deseo de que fueran castigados los asesinos.

—¿Desea Vd. vengarse de los que le mataron?

—¡Vengarme!   ¿Qué bien puede hacer la venganza? No le ha de devolver la vida!   Sucedió hace mucho tiempo. No sé cuando; pero me parece que fué hace años. Tal vez Dios lo ha vengado ya.

—Lo ha vengado en gran parte. Uno murió loco en una fortaleza; otro lleva ahora grillos, y trabaja como un esclavo; queda uno aún sin castigo.

—¡Pronto lo castigarán! ¿Cuál es?

—Macari.

El nombre la hizo estremecer, y calló. Estábamos llegando á la casa, cuando suavemente y en tono de súplica me dijo:

—¿Vd. me llevará á Italia donde está enterrado?

Se lo ofrecí, muy contento de ver cuán naturalmente se volvía á mí para que realizase su deseo. Algo más debía ella recordar de lo que creía.

—Iré allí, dijo, y veré el lugar, y después no volverémos nunca á hablar de lo pasado.

Ya estábamos en la entrada del jardín.

—Paulina, le dije, trata de recordarme.

Brilló en sus ojos como el reflejo de su antigua mirada enigmática: se pasó la mano que tenía libre por la frente, y, sin decir una palabra, entró en la casa.

CAPÍTULO XV

¡DEL DOLOR AL JÚBILO!

YA toca á su fin esta historia, aunque pudiera, por propia complacencia, escribir sendos capítulos, narrando cada uno de los sucesos del mes siguiente, describiendo cada mirada, repitiendo cada palabra que cambiamos Paulina y yo en aquellos días; pero si esto escribiese, como cosa sagrada la guardaría de la mirada pública. Sólo dos personas tenemos derecho á conocer esta parte de nuestra historia : ella y yo.

Si mi situación era singular, tenía por lo menos cierto encanto. Era una nueva manera de enamorar, no menos grata y entretenida por ser ya esposa mía en nombre la que con todas las artes de novio cortejaba. Era como si el propietario de un terreno se hubiese dado á pasear por sus dominios, y á cada instante hallara en ellos tesoros desconocidos ć ignoradas bellezas. Nuevas gracias y méritos me revelaba cada día el trato de Paulina.

Su sonrisa me llenaba de un gozo no soñado : su risa era una revelación. ¿ Describir aquel deleite exquisito y supremo es acaso posible ?: ¡ mirarme en sus ojos, ya libres de nubes, y tratar de sorprender sus secretos! ¡ reconocer que su inteligencia, ya restablecida, á la de nadie cedía en penetración y gracia! ¡ cerciorarme, en mil sencilleces deliciosas, de que no solo tendría en Paulina una esposa

más bella para mí que mujer alguna, sino una tierna
compañera y entusiasta amiga !

Pero no estaba exento aquel deleite de dudas y temores.   Acaso faltaba á mi carácter esa seguridad de sí que
llaman otros presunción.   Mientras más dotes amables
admiraba yo en Paulina, con mayor zozobra me preguntaba si lograría merecer el amor de tan cumplida criatura,
aunque la consagrase mi amor y mi vida.   ¿ Qué era yo
comparado con ella ?   Era rico, es verdad ; pero yo había
podido asegurarme de que no estaban en ella de venta los
afectos : además, como yo no le había dicho que nada le
restaba ya de su antigua fortuna, ella creía que la suya no
tenía que envidiar á la mía.   Era joven y hermosa, y se
creía dueña de sí y considerablemente rica.   ¡ No ! ¡ yo
no podía ofrecerle nada que me mereciese su cariño !

Hubiera querido, de tanto como lo temía, no pensar en
el instante inevitable en que, como si ya no lo fuese, iba
á rogarle otra vez que accediera á ser mi esposa.   De su
respuesta dependía toda mi vida : ¿ qué extraño que de-
morase el provocarla ? ¿ que no me decidiese á la prueba
hasta no estar seguro de su respuesta favorable ? ¿ que me
sintiese humilde, y como privado de mis pequeños méritos, en su presencia ? ¿ que envidiase el amable atrevimiento que tan bien cuadra y sirve á muchos hombres, y, con
ayuda de la ocasión y el tiempo, les gana con gran pres-
teza corazones ?

Ocasión y tiempo no me faltaban á lo menos.   Yo había tomado habitación en las cercanías, y desde la mañana
á la noche estábamos siempre juntos.   Vagábamos por las
praderas estrechas de Devonshire, ceñidas de hermosos
helechos.   Subíamos por los arrugados arrecifes.   Pescá-

bamos, siu impacientarnos, en las rápidas corrientes. Salíamos en carruaje. Leíamos y dibujábamos. Pero no habíamos hablado aún de amor, aunque mi anillo no se había apartado de su dedo.

De toda mi autoridad tuve que usar para que Priscila no revelase la verdad á Paulina. En esto fuí firme : á menos que la memoria de lo pasado no volviese á ella de su propio acuerdo, yo había de oirle decir que me amaba antes de que mis labios le hablasen de ello. Acaso me mantuvo en mi resolución la idea de que Paulina recordaba más de lo que me decía.

Fué curioso el modo con que entró al instante en relaciones francas é íntimas conmigo. Tan naturales y desembarazadas eran sus palabras y actos cuando estábamos juntos, que se hubiera dicho que nos conocíamos desde la niñez. No mostró la menor extrañeza cuando le pedí que me llamara por mi nombre de casa, Gilberto, ni mostró disgusto ni objetó á que la llamara yo por el suyo, Paulina! Ni sé yo cómo la hubiera llamado á no consentírmelo : yo había dicho á Priscila que le dijese, como en Inglaterra es uso, "Miss March," por su apellido de soltera ; pero Priscila, que á todo trance hubiera querido decirle "Mrs. Vaughan," como mi plena y legítima esposa, concilió dificultades llamándola Miss Paulina, la señorita Paulina.

Los días pasaban, días más venturosos que todos los que hasta entonces había conocido mi vida. Mañana, tarde y noche estábamos uno al lado de otro, dando sin duda ocasión de curiosidad á nuestros vecinos, que habrían de preguntarse qué clase de relaciones me unían con la hermosa criatura de quien apenas me apartaba.

10

Pronto conocí que Paulina era de natural alegre y vivo, que aunque no se abría aún paso enteramente por su espíritu adolorido, ya me daba esperanzas de que acabaría por alejar de aquella cara peregrina toda sombra de pena. De vez en cuando le iluminaba el rostro una sonrisa, ó dejaba escapar frases joviales. En los primeros instantes de su vuelta al juicio, creía que su hermano había sido muerto el día antes: pero á poco, la distancia fué siendo clara á su memoria, y ya se daba cuenta de que habían pasado desde entonces años, años que le parecían sueños; y veía vagamente, como envueltos en bruma. Se empeñaba en recordarlos, arrancando desde aquella noche: ¡ con qué anhelo le prestaba yo ayuda !

Del porvenir no hablábamos nunca; pero de lo pasado, de todo lo pasado, en que yo no figurase, hablábamos constantemente. Ya recordaba con claridad perfecta sus primeros años; ya repetía minuciosamente todos los sucesos de su vida hasta la muerte de su hermano. Entonces comenzaba aquella sombra, aquella niebla, aquel período oscuro, que acababa para ella en el instante, vivo como una aurora en su memoria, en que despertó en una alcoba desconocida, cuidada por manos extrañas.

Algunos días pasaron sin que Paulina me preguntase cuál parte había sido la mía en aquella época confusa de su vida. Estábamos una tarde en la cumbre de un cerro cubierto de espeso bosque, desde donde veíamos una franja de mar, que encendía el sol poniente. Callábamos: ¿ quién sabe si nuestros pensamientos silenciosos no andaban más en acuerdo que cuantas palabras hubiéramos podido decirnos en aquel vago estado de nuestras relaciones?

Miraba yo cariñosamente al cielo, hasta que se desvanecieron, ido el sol, sus ardientes colores; y volviendo los ojos á mi compañera, hallé los suyos, negros y dolorosos, fijos en mí.

—¡Dígame, me rogó, dígame qué es lo que sabré cuando me vuelva la memoria de ese tiempo oscuro!

Daba vueltas en el dedo, mientras me hablaba, á su anillo de boda. Todavía lo llevaba, y el aro de diamantes que le había comprado para sujetarlo; pero aún no me había preguntado cómo estaba en su mano aquel anillo.

—¿Crees que te volverá, Paulina?

—Sí, lo creo, lo creo! Pero ... ¿me traerá alegría, ó pena?

—¿Quién sabe? La pena y la alegría van siempre juntas.

Suspiró, y quedó con la mirada fija en tierra.

—Dígame dónde y cuándo apareció Vd. en mi vida, por qué he soñado tanto con Vd?

—Me viste muy á menudo cuando estabas enferma.

—Y ¿por qué cuando volví al sentido me estaba cuidando Priscila?

—Tu tío te había dejado á mi cuidado: yo le ofrecí mirar por tí durante su ausencia.

—¡Y nunca volverá! ¡Está pagando su crimen, el crimen de estar á su lado cuando asesinaban á mi hermano!

Se llevó las manos á los ojos, como para no ver el cuadro terrible.

Quise arrebatarla á aquellos pensamientos.

—Díme, Paulina, ¿cómo me veías tú en sueños? ¿qué soñabas de mí?

Se estremeció.

—Soñaba que estaba Vd. á mi lado, en el mismo aposento, que vió Vd. el asesinato ; pero yo sabía que no pudo ser así.

—¿Y despúes?

—Despúes lo he visto á Vd. muchas veces: era siempre viajando, viajando entre nubes. Ví que se abrían sus labios, y me pareció que decía Vd: "Voy á saber la verdad": por eso esperé tranquila hasta que Vd. volviese.

—Y ¿nunca habías soñado en mí antes?

Iba ya oscureciendo. No sabía si era la sombra de los árboles lo que hacía más oscura su mejilla, ó si era el arrebato del rubor, que le anegaba el rostro. Mi corazón saltaba de su cauce.

—No sé . . . no puedo decir . . . no me pregunte . . . dijo con voz turbada.

Y se dispuso á andar.

—Está oscuro y húmedo. Vámonos.

Yo la seguí. Era ya en mí invariable costumbre pasar junto á ella las primeras horas de la noche, que en gran parte empleábamos tocando y cantando. Un piano fué lo primero que pidió Paulina cuando se sintió ya bien. Como, creyéndose rica, era natural que pidiese sin escrúpulo lo que deseaba, yo había advertido á Priscila, al emprender viaje, que satisficiese sus deseos sin reparar en gasto: el piano vino de una ciudad de la cercanía.

Con la razón le había vuelto su antigua maestría. Su voz era aún más vigorosa y dulce que antes. Una vez y otra me sentí cerca de ella suspenso y cautivo, arrobado en sus notas, como la noche aquella del tremendo grito, cuando nada hubiera podido predecir que su suerte y la mía iban á unirse tan estrechamente.

Quedé, pues, sorprendido cuando, al llegar al umbral de su casa, se volvió á mí y me dijo:

—No, esta noche no! Déjeme sola esta noche!

Callé. Tuve un instante su mano en la mía, y le dije adios hasta el día siguiente: ¡volvería al campo abierto, á pensar en ella, á la luz de las estrellas!

Al separarnos, me miró de una manera extraña, casi solemne.

—Gilberto, me dijo en italiano, para no ser entendida por Priscila: ¿deberé rogar porque me vuelva la memoria de lo pasado, ó porque nunca me vuelva? ¿Qué será mejor para mí y para Vd?

Y sin esperar mi respuesta, siguió hacia adentro por delante de Priscila, que se quedó aguardando á que yo entrase tras ella.

—Adios, Priscila, le dije: no entro esta noche.

—¡Que no entra, mi señor Gilberto!: va á enojarse la señorita Paulina.

—Está cansada y no se siente bien. Entra tú y cuídala. Adios.

Pero Priscila salió al umbral, y cerró tras de sí la puerta. Todo en ella me decía que por aquella vez estaba determinada á usar de nuevo cuanta autoridad tuvo sobre mí en mis primeros años, la cual no disputé yo por cierto sino cuando ya estaban muy firmes en mí chaqueta y pantalones. Estoy seguro de que le entraban deseos de tomarme por el cuello, y sacudirme lindamente. La mayor edad sólo la contuvo; y con un mundo de dolorosa indignación en sus palabras, rompió de esta manera:

—¡Pues cómo ha de sentirse bien, la pobre señorita, viviendo su marido en una casa y ella en otra! ¡Y aquí todo el mundo hablando de lo que es y de lo que no es, y de lo que será Vd. de la señorita Paulina! y preguntándome, y yo sin poder decir que son Vds. marido y mujer!

—No, Priscila, todavía no.

—Pues se lo voy á decir, señor Gilberto. Si Vd. no se lo dice á la pobre señorita, yo se lo diré. Yo le diré cómo Vd. la trajo á casa, y me mandó á buscar para cuidarla, cómo la atendía y la acompañaba, solo con ella todo el día, y cómo se encerró Vd. en casa por ella, sin volverle á ver la cara á sus amigos. ¡Todo se lo diré, señor Gilberto!: y cómo entró Vd. en su cuarto antes de salir para aquel viaje de loco, á esas tierras de que nadie sabe. ¡Ya verá Vd. como le vuelve entonces la memoria pronto!

—Te mando, Priscila, que no digas nada.

—Yo le he obedecido á Vd. muchas veces, señor Gilberto para que me importe desobedecerle esta vez por su bien. ¡Pues yo he de hacerlo, sucédame lo que quiera!

Yo temía que una explicación de Priscila, no solo desvaneciese de aquel delicado renacimiento mucho de su tierna poesía, sino precipitara los sucesos, de manera que me fuese más difícil encaminarlos á mi satisfacción. Era preciso que Priscila callase. La buena mujer cedía mas fácilmente al cariño que al mando, y yo, que no olvidaba mis artes de antaño, sabía bien cómo traerla á mis deseos.

—No, Priscila, la dije, en tono de ruego; tú no lo harás si yo te suplico que no lo hagas. Tú me quieres mucho para hacer nada contra mis deseos.

No supo resistir Priscila á estos cariños míos; pero me excitó, ya con más calma, á que no prolongase aquel estado violento.

—Y no se fíe Vd. mucho, señor Gilberto, en lo que

ella recuerda ó no : ¡como que yo pienso á veces que sabe mucho más de lo que Vd. supone !

Se separó de mí con estas palabras, y yo me fuí á pensar en Paulina, á la luz de las estrellas !

¿ Qué querían decir aquellas últimas palabras? "¿Qué será mejor para mí y para Vd ? " : ¿recordar, ú olvidar? ¿ cuánto recordaba? ¿ cuánto había olvidado? ¿No le había revelado aquel anillo que era esposa? ¿Podía dejar de sospechar de quién lo era? Aunque nada recordase de aquel extraño casamiento ni de la vida que después de él habíamos llevado juntos, al salir de aquella tiniebla se hallaba á mi cuidado, veía que yo conocía los trágicos detalles de la muerte de su hermano, que acababa de volver de un viaje de miles de millas, emprendido solamente para llegar á saberlos. Aunque no se lo pudiera explicar, la verdad debía ya haber saltado á su mente. El llevar aún en su mano el anillo indicaba que no repelía la idea de estar ligada á un esposo : ¿quién sino yo podía serlo?

Sí : todo me lo indicaba : Paulina conocía ya la verdad : llegaba ya el instante en que yo iba á saber si la recibía con dolor ó con gozo !

Yo se lo diría todo al día siguiente. Le contaría la manera novelesca en que se habían unido nuestras vidas. Le pediría su amor con más pasión que la que ardió jamás en labios de hombre. Le demostraría con cuanta inocencia había caido en las tramas de Ceneri, cuán libre de culpa estaba por haberla hecho mi esposa cuando su mente oscurecida no le permitía negarse á serlo. Todo se lo diría, y esperaría mi suerte de sus labios.

De mis derechos legales, ni le hablaría siquiera. En cuanto de mí dependiese, sería enteramente libre : nada más que por el amor quería verla sujeta á mí. Y si no me podía amar, me arrancaría de su lado; y si ella lo de-deseaba, vería si era posible anular nuestro matrimonio: mas fuese cualquiera su decisión, ser mi esposa en nombre, ó serlo en realidad, ó romper todo lazo que la uniera á mí, su vida futura—supiéralo ella ó no—correría á mi cuida-do: ¡mañana á esta hora sabré lo que me espera!

Esto resolví, y hubiera debido retirarme á descansar; pero no sabe amor mucho de sueño. Volvían á mi me-moria nuevamente sus últimas palabras, y otra vez empe-zaban, con aquel encono de los pensamientos amorosos, los cálculos de mis esperanzas y mis miedos. ¿Por qué, si Paulina había adivinado la verdad, no me había hablado de ella?

¿Cómo podía estar sentada junto á mí hora tras hora, sabiendo que era mi esposa, y sin saber como había llega-do á serlo? ¿Querían significar sus palabras miedo de lo que habría de saber? ¿Anhelaba su libertad, y la perpe-tuación de aquel olvido? Y á estas y otras ideas daba yo vueltas, presa de punzante agonía el espíritu.

Mucho enamorado, en vísperas de oir de su amada su sentencia, ha velado en zozobra, como yo aquella noche; mas no ha vivido de fijo amante alguno que, como yo, hubiera de recibir esta respuesta de labios de una mujer que era ya su esposa.

Á hora muy adelantada me volví de mi solitario paseo. Pasé frente á la ventana de Paulina, y al detenerme á contemplarla, me preguntaba si ella también no estaría allí despierta, meditando como yo en lo que sería de nues-tra vida. ¡Mañana al fin saldremos ella y yo de dudas!

Era la noche cálida y pesada, y la parte alta de su

ventana estaba abierta. ¿Qué voz me aconsejó aquella
locura? De un rosal del jardín tomé una rosa, ¡ y allá fué,
por sobre el pretil de su ventana! Ella la hallaría tal vez
al despertarse, é imaginaría de quien le vino: sería un
buen augurio! La rosa al caer había tocado la persiana
abierta: huí, temiendo ser visto.

La mañana abrió hermosa. Me desperté con la esperanza en el corazón, burlándome de los miedos de la noche. No bien pensé que era hora de hallarla levantada,
salí en busca de Paulina. Acababa de salir. Me dijeron
por donde, y fuí tras ella.

Iba caminando lentamente, con la cabeza inclinada.
Me saludó con su cariñosa sencillez habitual, y seguimos
andando uno junto á otro. Busqué en vano sobre ella mi
rosa: y hube de consolarme con pensar que acaso cayó
donde ella no pudiese verla. Yo estaba inquieto, sin embargo.

Pero aún me aguardaba mayor dolor. Llevaba las
manos desnudas enlazadas sobre su falda. Iba yo caminando á su izquierda, y ví que en aquella mano no había
ningún anillo. Aquel aro de oro que en su mano brillaba hasta entonces como una luz de esperanza, había desaparecido. ¿Qué fué de mi corazón, que me pareció que
cesaba de latir? Muy claro era el sentido: ¿quién hubiera dejado de entenderlo, ligándolo con sus palabras de la
última noche? Sabía que era mi esposa, y quería librarse
de aquel yugo. En Paulina no había amor para mí: el
recuerdo de lo pasado, que iba abriéndose paso por la bruma, le traía pena: ahora que recordaba, deseaba olvidar.
Se había quitado los anillos para decirme, si era posible,
sin palabras, que no había de ser mi esposa.

¿Cómo iba á hablarle ahora? La respuesta ¡ay! se había anticipado á la pregunta. Bien me vió ella mirando á su mano desnuda; pero bajó los ojos, y nada me dijo. Sin duda deseaba ahorrarse la pena de una explicación. Sí: lo mejor sería tal vez, si me alcanzaban las fuerzas, separarme de ella al instante, separarme de ella para no volver á verla más!

Violento y afligido como me tenía aquel fin triste de tantas esperanza, no tardé en observar un cambio notable en los ademanes y palabras de Paulina. No era la misma de antes. Algo se levantaba entre ella y yo, que desterró enteramente de nuestras entrevistas nuestra antigua franqueza amistosa, hasta llegar á convertirla en mera cortesía.

Sus palabras y acciones revelaban cortedad y recogimiento, y acaso las mías también. Como de costumbre, pasamos el día juntos; pero tanto había cambiado nuestro modo de vernos, que aquella compañía forzada debió sernos á ambos enojosa. ¡Muy triste noche aquella! ¡En el momento de asirla, se me escapaba de las manos la recompensa que con tanta ternura había trabajado por conseguir!

Así pasaron varios días. No daba Paulina señal que pudiera yo interpretar en mi favor, y me era imposible prolongar aquella amarga situación. Priscila, que andaba alerta, me sacaba de juicio con sus reconvenciones, y tan lisamente decía lo que pensaba, que empecé á sospechar que había ya ejecutado su amenaza de revelar algo á Paulina: á ella, por supuesto, á su oficiosidad y falta de tacto, echaba yo toda la culpa de mi desdicha. ¡Todo hubiera podido acabar bien con una semana, con quince días de espera!

Comencé á creer que mi presencia desagradaba á Paulina. No mostraba, es verdad, el menor deseo de esquivar-me; sino que, por lo contrario, acudía á mí tan pronta-mente que me hacía recordar aquella sumisa obediencia del tiempo de sombras en que no me era dable pensar sin terror. Pero me pareció que viviría más dichosa cuando no me viese. Resolví, pues, partir.

De hacerlo, había de ser en seguida: saldría al día siguiente. Dispuse mi equipaje: tomé asiento en la dili-gencia: me quedaban tres horas en la mañana para dar instrucciones á Priscila y despedirme de mi esposa para siempre.

No podía irme sin hacerle algunas explicaciones. No la apenaría aludiendo á nuestros lazos; pero debía hacerle saber que no era, como creía, heredera de una gran fortu-na. Le diría que le quedaba de sobra con qué vivir, sin darle á entender que era de mí, de su esposo, de quien le vendría. Y una vez dicho esto, adios, para siempre! Hice como que almorzaba, y apenas me levanté de la mesa crucé la calle y entré en la casa de Paulina. Ignoraba aún mi determinación. Retuve su mano en la mía más tiempo que de costumbre, y pude al fin hablar algunas pa-labras.

—Vengo á decirte adios. Salgo hoy para Londres.

No me dijo una sola palabra: no podía ver sus ojos: sentí su mano temblando en la mía.

—Sí, continué, tratando de hablar con desembarazo: he estado aquí de perezoso bastante tiempo: tengo mucho que hacer en Londres.

No parecía Paulina estar bien de salud aquella maña-na. Nunca, desde mi llegada, habían estado tan pálidas sus mejillas. Parecía decaída y agoviada. Mi presencia la había estado mortificando, sin duda. ¡Pobre criatura!: pronto iba á verse libre de ella.

Al ver que yo aguardaba su respuesta, me habló al fin : pero ¿ no había perdido su voz algo de su limpieza y frescura ?

—¿ Cuándo se va Vd ?—Fué todo lo que dijo : ¡ ni una palabra sobre mi vuelta !

—Por la diligencia de las doce : me quedan todavía algunas horas. Como ya es ésta la última vez, ¿ quieres que paseemos juntos hasta la colina ?

—¿ Lo desea Vd ?

—Si no tienes algún reparo. Quiero hablarte de tí misma, de asuntos de negocio, añadí, para demostrarle que no debía temer la entrevista.

—Iré, dijo, y salió de la habitación precipitadamente.

Esperé. Priscila entró á los pocos instantes. Me atravesaba con las miradas. Su voz era áspera y silbante, como cuando en mis niñeces la incomodaba con mis travesuras.

—La señorita Paulina dice que vaya Vd. al cerro á esperarla. Ella irá ahora.

Tomé el sombrero para salir. En lo que me había dicho Priscila, nada me revelaba que tuviese noticia de mi viaje ; pero al ir yo á poner el pie en el umbral, he aquí que le oigo :

—Bien está, señor Gilberto. Es Vd. un tonto más grande de lo que ya pensaba.

Á mi vieja Priscila la quería yo muy bien ; pero ni aún de ella podía oir aquel cumplimiento sin volver á reprenderla ; y me volví á esto. Priscila me dió en la cara con la puerta.

Emprendí la marcha al cerro, sin pensar más en la frase de Priscila. Ella no podía entender la dificultad de mi situación. Yo hablaría largamente con ella antes de partir.

La Explanada estaba en la falda de un cerro vecino. Andando una tarde por el bosque un poco á la ventura, entramos por una senda no muy frecuentada que paraba en un espacio abierto, limpio de árboles y broza, desde donde se veían en bello paisaje las colinas opuestas, y el río alegre traveseando por el valle. Aquel fué desde entonces mi paseo favorito: allí había pasado largas horas hablando con Paulina: allí, abandonado á mis sueños, había dado suelta á las palabras de cariño, por tanto tiempo sujetas en mis labios: allí iba á decirle mi último adios.

Muy afligido llevaba el espíritu cuando llegué á la Explanada. Me tendí en tierra, con los ojos fijos en la senda por donde debía aparecer Paulina. Un tronco caído me daba almohada; cuchicheaban los árboles, acariciados por la brisa, alrededor mío; aquietaba los sentidos y adormecía el ruido monótono del riachuelo un poco más abajo; cruzaban por el cielo lentamente algunas nubes blancas: convidaba al reposo, y á los sueños, en aquel fresco asilo, la hermosa mañana. Yo apenas había dormido en las dos ó tres noches anteriores. Paulina tardaba: sin querer se cerraron mis ojos, y por algunos instantes ahuyentó mi desengaño y mi pena el descanso que tanto necesitaba.

Pero ¿dormí realmente? Sí, puesto que para soñar se necesita estar dormido. ¡Ah! si aquel sueño fuera realidad, sería grato vivir. Soñé que mi esposa estaba junto á mí, que tomaba mi mano y la besaba con pasión, que su mejilla rozaba la mía, que sentía en el rostro su suave aliento. Tan vivo me pareció lo que soñaba que me volví sobre el tronco para abrazar mi sueño, que el aire se llevó desvanecido!

Desperté. Paulina estaba frente á mí, no velados los ojos magníficos por las pudorosas pestañas, sino abiertos y fijos en los míos. Los ví sólo un segundo, mas lo que ví en ellos fué bastante para precipitar en curso loco la sangre por mis venas, lanzarme en pie, apretarla súbitamente entre mis brazos, cubrir todo su rostro de todos mis besos: y le decía las únicas palabras que podía entonces decir: "¡Te amo! ¡te amo! ¡te amo!" Porque nadie ha visto todavía en los ojos de una mujer lo que yo ví en los de Paulina, á menos que esa mujer no lo ame por sobre todas las cosas de este mundo!

No hay palabras que describan el arrebato de aquel momento, mi entrada súbita en la dicha. Era mía: para siempre mía. Yo lo sabía: yo lo podía sentir cada vez que mis labios oprimían los suyos: ¡lo sentí tantas veces! El rubor que la enciende me lo confiesa: la sumisión con que recibe mis caricias me lo confirma; pero yo quiero que me lo diga con sus labios!

—Paulina, Paulina, exclamé: ¿me quieres?

La sentí temblar de gozo.

—¿Que si te quiero? sí, te quiero!, y hundió su rostro en mi hombro. Su voz me respondía; me respondía su cabeza reclinada; y la levantó de pronto y posó sus labios en los míos.

—Te quiero! sí, te quiero, mi marido!

—¿Cuándo lo conociste? ¿cuándo recordaste?

Estuvo un momento sin responderme. Se desasió de
mis brazos, y entreabriendo su traje, pude ver que llevaba al cuello una cinta azul, de la que colgaban los dos
anillos, que parecían brillar de gozo al sol. Los desató, y
me los tendió.

—Gilberto, esposo mío, si quieres que yo sea tu esposa, si me crees digna de serlo, tómalos y ponlos donde los
guardaré toda mi vida.

Y una vez más, con muchos besos, con muchos jura-
mentos, puse en su mano los anillos de esposa, como quien
sella un dolor que ya no ha de volver jamás.

—¿Pero cuándo lo conociste? ¿cuándo volvió á tí la
memoria?

—¡Loco!—me dijo en voz muy baja, que á mis oídos
sonaba como música—lo conocí cuando te ví en la otra
orilla del río. Todo lo recordé en aquel instante: hasta
entonces todo estaba en sombras. Te ví, y lo supe todo.

—¿Y cómo no me lo dijiste?

Bajó la cabeza.

—Yo quería saber si me querías. ¿Por qué me habías
de querer? Si no me querías, podríamos separarnos, y yo
te hubiera dejado libre, si se podía. Pero ahora nó, Gilberto: ahora ya no te verás nunca libre de mí!

Había, pues, pensado lo mismo que yo: no en vano
me era imposible comprenderla: ¡me parecía tan singular que desconociese ella el amor que le tenía!

—Me habrías salvado de muchos días de angustia si
hubiese sabido que me querías, Paulina: ¿por qué te qui-
taste los anillos?

—¡Pasaban tantos días sin que me dijeses nada! Entonces me los quité, y los he tenido sobre mi corazón,

esperando á que tú me los volvieses á dar cuando quisieras.

Dí un beso en la mano en que brillaban.

—¿ Lo sabes, pues, todo, Paulina mía ?

—No todo ; pero sé suficiente. Tu lealtad, tu ternura, tu consagración, todo esto, mi Gilberto, lo recuerdo, y todo te lo pagaré, si mi cariño puede pagártelo.

Con estas palabras puede cesar la relación de lo que allí nos dijimos : dejad que lo demás nos sea sagrado : lo saben los altos árboles al rededor de nosotros, que hora sobre hora nos dieron discreta y generosa sombra, mientras cambiábamos aquellas inacabables confesiones de amor que embellecieron nuestro segundo y verdadero día de boda. Nos pusimos en pie al fin ; pero todavía nos quedamos algunos instantes en la Explanada, como si nos doliese dejar el lugar donde la felicidad había descendido sobre nosotros. Miramos en torno nuestro una vez más, y nos despedimos de las colinas, del río alegre, del valle : una vez más nos miramos en los ojos, y nuestros labios se unieron otra vez en un apasionado beso. Nos volvimos entonces al mundo, y á la vida nueva y grata que se abría para nosotros.

Anduvimos como en un sueño, del cual solo nos arrancó la vista de las casas y la gente.

—¿ Quieres, Paulina, que salgamos de aquí esta noche ? Irémos á Londres.

—¿ Y después ?, me dijo mimosamente.

—¿ Á donde, sino á Italia ?

Me dió gracias con una mirada y un apretón de mano. Ya estábamos en su casa. Entró sola, por delante de Priscila, que dejaba caer sobre mí sus nobles ojos. Pris-

cila me había llamado grandísimo tonto : ¡yo me vengaré
de tí, buena alma!

—Priscila, le dije gravemente : salgo en la diligencia
de esta noche. Escribiré cuando llegue á Londres.

Venganza más completa no la gocé nunca : la santa
mujer cayó á mis piés llorando :

—¡Oh, mi señor Gilberto, no se vaya, no se vaya!
¿Qué se va á hacer mi pobre señorita, mi señorita Pauli-
na? Ella quiere la tierra misma que Vd. pisa, mi señor
Gilberto!

¡Oh, no! yo no quería afligirla! Puse la mano en su
hombro, y la miré cara á cara :

—Pero, Priscila, la señorita Paulina, Mrs. Vaughan,
mi mujer, Priscila, va conmigo.

Más abundantes corrieron entonces las lágrimas de
Priscila ; pero eran de gozo.

———

Diez días después, Paulina estaba junto á la tumba de
su hermano. Fué su deseo visitarla sola : yo la esperaba á
la puerta del cementerio. Trajo de la triste visita muy
pálido el rostro, y los ojos con huellas de muy copiosas lágrimas ; pero sonrió al distinguir mi ansiosa mirada.

—Gilberto, me dijo, he llorado ; pero ahora sonrío.
Lo pasado es pasado : que la alegría del presente y las pro-
mesas del porvenir disipen sus tinieblas. Yo pondré en
el amor que doy á mi marido todo el amor que le tuve á
mi hermano. Volvamos la espalda á aquellas sombras
oscuras, y empecemos á vivir!

¿Me queda aún algo que decir? Aún me queda algo.

Años más tarde, estaba yo en París. Hasta los dientes se había peleado en la gran guerra : se habían borrado las primeras huellas del conflicto entre las dos razas ; pero las de la guerra civil eran visibles aún en todas partes. Lo que el teutón respetó en la Galia, lo había destrozado el galo mismo : hicieron los comunistas lo que no habían osado hacer los alemanes. Las Tullerías volvían tristemente los ojos vacíos hacia la plaza de la Concordia, donde se levantaban las estatuas de las hermosas provincias perdidas. La columna de Vendôme yacía por tierra. Todo París, acá comido del fuego, allá ennegrecido, mostraba la fatídica faena que, antorcha y hacha en mano, emprendieron contra ella sus propios hijos. Pero las llamas estaban ya sofocadas, y se había tomado amplia venganza de los incendiarios. Un joven y alegre militar, amigo mío, me llevó á visitar una de las prisiones. Conversábamos fumando al aire libre cuando apareció un pequeño destacamento de soldados. Iban escoltando á tres hombres, que llevaban las manos sujetas con esposas, y las cabezas bajas.

—¿ Quiénes son ? pregunté.

—Comunistas.

—¿ A dónde los llevan ?

El francés se encogió de hombres :

¡ Á donde debían llevarlos á todos, malvados ! : á fusilarlos !

Malvados podían ser, ó no ; pero tres hombres á quienes apenas queda un minuto de vida deben ser objeto de interés, sino de simpatía. Cuando pasaron junto á nosotros, los miré atentamente. Uno de ellos levantó la cabeza, y me miró cara á cara. ¡ Era Macari !

Me estremecí al reconocerlo ; pero no me avergüenzo

de decir que no me estremecí de compasión. Á Ceneri, á despecho de mí mismo, lo compadecía, y hubiera aliviado su desdicha, á serme posible : á aquel rufián, mentiroso y traidor, lo habría dejado ir á la muerte, aunque con levantar un solo dedo hubiera podido salvarlo. Mucho tiempo había ya corrido desde aquel en que Macari envenenó mi vida; pero aún bullía la sangre en mis venas cuando pensaba en él y en sus crímenes. No sabía yo como había vivido desde que dejé de verlo, ni á quién ni á cuantos había denunciado; pero si la Justicia había tardado en alcanzarlo, por fin tenía ya en el aire su espada sobre él, y estaban cerca sus últimos momentos.

Él me conoció: acaso pensó que había venido á gozarme en su castigo. Le inundó el rostro el odio, y se detuvo para maldecirme. La escolta lo echó adelante. Volvió la cabeza, y continuó maldiciéndome, hasta que uno de los soldados, de un revés de la mano, le selló los labios. El acto pudo ser brutal, pero se trataba en aquellos días con pocos miramientos á los comunistas. La escolta desapareció por una esquina del edificio.

—¿Vemos el fin? dijo mi amigo, sacudiendo la ceniza de su tabaco.

—¡Oh, no!

Pero lo oímos. Á los diez minutos sonó la descarga: el último y el más culpable de los asesinos de Antonio March había recibido su castigo.

Me acordé entonces de mi promesa á Ceneri. Con gran trabajo conseguí poner en camino una carta que creí le llegaría. Seis meses después, recibía yo otra, cubierta de sellos y contraseñas de correo, en que me decían que el preso á quien escribí había muerto dos años después de su

llegada á las minas.   El menos indigno de los tres cómplices había expirado sin conocer el fin sombrío del que lo
denunció.

———

Esta es mi historia.   Mi vida y la de Paulina comen-
zaron cuando volvimos de aquel cementerio, decididos á
olvidar lo pasado.   Desde entonces nuestras penas y ale-
grías han sido las comunes á la criatura humana.   Ahora
que escribo esto en mi tranquila casa de campo, rodeado
de mi mujer y de mis hijos, me pregunto con asombro si
fuí yo mismo el ciego infelíz que oyó aquellos sonidos
terribles, y vió después el tremendo espectáculo.   ¿Fuí
yo mismo aquel que atravesó de un cabo á otro la Europa
para desvanecer una duda que se avergüenza hoy de
haber abrigado un solo momento?   ¿Puede haber sido
esta misma Paulina, cuyos ojos resplandecen junto á mí
de amor é inteligencia, aquella misma que vivió en honda
sombra meses y años, calladas en su espíritu las voces
armoniosas que tan suavemente vibran en mi oído?

Sí, debe ser así : porque ella ha leido por encima de
mi hombro cada una de las líneas de nuestra historia, y al
llegar á esta última página, rodea con su brazo mi cuello,
y me dice, insistiendo amorosamente en que la escriba,
esta frase que copio :

—Demasiado, demasiado de mí, esposo mío ; muy
poco de lo que tú hiciste y has hecho siempre por mí !

Con ésta, que es acaso la única diferencia de opinión
que existe entre nosotros, bien puede acabar esta historia.

F I N